优阅文化
服务作者，为作品赋能

LOST
催眠
IN
局中局
HYPNOSIS

王健霖 著

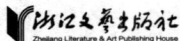
浙江文艺出版社
Zhejiang Literature & Art Publishing House

你 相 信 催 眠 吗 ？

Do you believe in hypnosis?

如果爱也是一种催眠，
你是否愿意此生永不醒来？

从爱到催眠显然只有一小步之隔，这两种情形相同的方面十分明显，在这两种时刻，对催眠师和对所爱的对象，都有着同样的谦卑的服从，都同样地俯首帖耳，都同样地缺乏批评精神。

——弗洛伊德《集体心理学和自我的分析》

请您在客厅里找一个合适的地方，背对墙站立，脚跟离墙面十厘米，双脚的脚跟和脚尖都并拢，双手自然下垂，微微收腹，抬头。深呼吸三次，静下你的心。然后保持身体挺直的状态向后倒，直到肩膀碰到墙壁上，再保持身体挺直的姿势恢复到原来的姿态，然后再向后倒，反复十五次，直到你确信向后倒是完全安全的。这时你保持直立，收腹，抬头，闭上眼睛，心里反复地默念：我一定要向后倒！我一定要向后倒！这时你真的会不由自主地向后倒去。

这是一个典型的测试催眠敏感度的实验，如果第一次不能成功，经过几次练习以后，50%的人会有向后倒的感觉，20%的人会真的向后倒过去，也有极少数人，第一次练习就能向后倒，这样的人，都是比较容易被催眠，或者容易达到自我催眠的，当然，也具有催眠师的潜质。

  现在,无论你是否相信催眠,请你反复阅读下面的话,直到你觉得已经到了翻下一页的时候:

  "首先,请保持深呼吸。你的呼吸是缓慢且均匀的,请一直保持这个频率。"

  "然后,请调整你的坐姿。请让你的颈椎、脊柱还有腰部找到一个舒适的角度。"

  "继续保持深呼吸,将注意力集中在你的脚底,感受足底的温暖和柔软……接着将注意力依次集中在你的腿部、腰部、腹部、双臂、颈部……检验它们是否已经全部放松。"

  "最后,你所集中的注意力回到了你的头部,你情不自禁地想要闭上双眼。"

  "如果你的呼吸变得不再平稳,或是身体某个部位觉得不适,请从头再来一遍。"

  "如果你觉得自己的状态已经调整完毕,请你闭上眼睛,把书翻到下一页,然后重新睁开。"

目录
CONTENTS

第一章　被绑架的女儿 ———————————— 001

文彦博感到阵阵晕眩，浑身布满冷汗，他用尽全身的力气攥紧拳头，然后松开，反复三次之后终于下定决心打开了盒子：里面铺着一层金色的法兰绒……而在绒布之上，放着一缕头发！

第二章　催眠试验 ———————————— 027

一直聆听着水滴声的耳朵接收到了"坐"的指令，身体便无意识地去执行。文彦博缓缓收回双手，而男生就像是一个木偶，身体逐渐瘫软，最后颈部也失去了力气，头部只能无力地垂下。

第三章　梦中世界 ———————————— 053

无数个她尖叫着，许杏儿感到车厢停止了圆周运动，停在了最高处。可紧接着又有剧烈的震动传来，她往下面看去，看到一只黑色的怪兽正顺着铁架向上攀爬，即将抓到自己……

第四章　将计就计 ———————————— 079

许杏儿抬起头看着文彦博的脸庞，忽然感到左手传来一阵湿热，就像是一碗热汤洒在了男人的身上。文彦博把额头搭在她的肩膀上，他嗫嚅着，说出了最后一句话："23、25、2……"

第五章　催眠中的催眠 ———————————— 097

在催眠的梦境之中，许杏儿又一次被文彦博所催眠。现实中，文彦博已经满头大汗，他的手甚至因为紧张而不由自主地颤抖着。在催眠中"催眠"，会发生什么？

第六章　幕后黑手 ———————————— 127

他以为父亲已经完全放弃了自己，甚至把那个向来不让别人触碰的箱子都给了许杏儿，却又把密码留给了自己。许为仁突然发觉，或许自己从来都没有看透过父亲的想法。

第七章　自由联想术 ——————————————— 153

许为仁一边盯着父亲的嘴唇，一边捕捉着朦朦胧胧的说话声，很久之后，他发现眼前再度出现了一团黑色线条。线条蠕动着分散开，排列在父亲嘴唇的下方，就像是一条字幕。许为仁恍然大悟。

第八章　最终对决 ——————————————— 177

"其实你是知道的，但是你不愿意相信。不，你稍微有些相信，因为你的猜测如果是正确的，那么……你和我之间的鸿沟就会不复存在，而你，就可以……得到我。"

尾　声　局中之局 ——————————————— 207

要懂得一个男人很难。是战士，是懦夫，或者在他心里住着一个闹别扭的小男孩。
要懂得一个女人同样很难。是蜜蜂，是毒刺，或者在她梦里是一个长着翅膀的小女孩。

第一章　被绑架的女儿

文彦博感到阵阵晕眩,浑身布满冷汗,他用尽全身的力气攥紧拳头,然后松开,反复三次之后终于下定决心打开了盒子:里面铺着一层金色的法兰绒……而在绒布之上,放着一缕头发!

【1】

这是一盘"死亡"录像带,黑色,长方形,白色标签上写着粗糙的连体字。标签旧得发黄,边角处有撕扯过的痕迹,留下的胶痕沾染了灰尘后变得发黑。如果用手指轻轻搓一下这个位置,则会有微黏的触感,让人不适。

而这盘貌不惊人的录像带之所以被冠名"死亡",并非因为里面录下了某人被杀害的视频。恰恰相反,录像内容十分单调,长达十分钟的视频几乎在重复着一幅相同的画面——

一个睁大眼睛的男人站在中间,他的背后似乎是一条隧道,单调的墙壁飞快地向后移动,就好像这个男人正在一辆敞篷车上,而这辆车正在隧道中狂奔,然后有人以男人的面孔为中心录下了这段视频。

男人的长相很普通,却透着一种让人不舒服的气质。他的眼睛睁得很大,而且瞳孔有些涣散,不知道到底在看什么。另外,他从始至终没有眨眼这种生理行为。

录像内容到了最后十秒钟终于有了变化，似乎是这辆敞篷车即将开出隧道，男人身后逐渐变得明亮，不再是单调的隧道场景，直到整个屏幕都充斥着刺眼的白色。在男人的面孔还能够勉强看到的时候，他忽然闭上了眼睛。

录像戛然而止。

亲眼看过这段录像的人最初不多，但是在几个看过的人相继死亡之后，有人把这盘受诅咒的录像带发到了网上，于是更多的人通过网络得以看到录像内容。据说录像带本体已经被销毁了，但是这样一来反而给网上传播的那个版本增添了更多的神秘感。

有人说录像带里藏着恶魔，或者说那个男人本身就是恶魔，是他引诱看过录像的人走向死亡。

有人说这一切都是一个恶作剧，录像带和死者之间没有任何关系，把它们联系到一起不过是哗众取宠、故弄玄虚。

然而文彦博对这盘录像带却有着不一样的看法。他是国内首屈一指的催眠师，江城大学的客座教授，不久前刚过了三十五岁的生日，算是典型的年轻有为。

江城大学，阶梯教室303，心理学公开课。

文彦博在课堂上播放了录像带的视频，学生大多聚精会神地看着，少部分则在窃窃私语，显然他们对今天这节课的内容很感兴趣。

"首先可以确认一点，这盘录像一定是没有什么超自然力量的，否则你们在场的大多数人都没办法听我的下一节公开课了。"视频播放完毕后，文彦博把画面暂停在最后的一片白色。

台下的学生低声笑着，显然大部分人并没有感觉到什么异样。

"我们姑且把关于这段录像的事件排除掉，不去讨论它到底是否有着让人死亡的魔力。今天我只站在专业的立场上，来分析一下录像中的内容。"

学生们纷纷翻开笔记本，拔下笔帽。

文彦博说道："录像长达十分钟，内容单调乏味，如果观看者一直将注意力放在录像内容上，是有很大的可能性进入催眠状态的。我想这一点，应该有一些敏感性较强的同学深有感触。"

有个女同学举手说道："没错，最后视频突然变亮变白的时候，我看到了好多乱七八糟的场景，但是回过神来的时候却发现上面只有白色。"

文彦博问道："你看到了什么？"

"貌似是动物园，有梅花鹿之类的。"

"其他人呢，有没有人看到了其他东西？"

学生们纷纷回答。

"我看到了一口井，里面有女鬼要爬出来。"

"我看到的是飞机，貌似是前几年失联的那架，不知道为什么，但我感觉就是它。"

"完蛋，只有我看到了我妈吗？"

文彦博挥了下手，顿时学生们停止了七嘴八舌的讨论。

"现实中进行催眠的时候，需要不停地进行心理暗示，而录像中单调乏味的场景就起到了心理暗示的作用。另外，观看这个录像的人们有一个共同点，他们都不约而同地看着录像中那个男人的眼睛，而那个男人的眼睛是没有神采的，或者说没有聚焦，这就起到了类似催眠的作用，就像是催眠师在你面前摇晃着一块怀表。

"而当画面突然改变的时候，起到的作用类似催眠师忽然收起了怀表，并立刻用一个刺激让你进入了催眠状态，所以在场的很多人看到了不只是纯白色的内容，如果现场更安静一些的话，应该还会有部分人进入深度催眠的状态。"

他结合视频讲了很多关于催眠的知识，最后有学生提出了自己的疑问："文教授，你觉得那些死掉的人到底和录像有没有关系？"

文彦博摊开手，耸了下肩膀："我不确定，但从理论上来说，如果这段录像让某人进入了深度催眠的状态，的确会起到一些难以描述的作用。"

"老师老师，催眠真的那么神奇吗，每个人都能被催眠？"

"基本上是，只是有些人格外容易被催眠，有些人则很难，这要看催眠师的技术了。"

"如果我被催眠了，会不会把自己银行卡密码都说出去啊？"

"一般来讲不会，这要看你对催眠师的信任程度了，如果你的潜意识中想要保护自己的秘密，那么催眠过程中触及隐私问题的时候，你不仅不会回答，甚至还有可能自行醒来。"

文彦博微笑着回答了同学们的疑问，最后拍了下手，说道："今天就讲到这里吧，明天的课我会给你们展示一下催眠，如果现场哪位同学不害怕自己的银行卡密码被人知道，可以给我当志愿者。"

话音刚落，下课铃声响起，学生们纷纷收拾书本，拥挤着往教室外走去。文彦博看着眼前这一幕，不禁想到，其实对于有些学生来说，上课也是一场催眠，而下课铃则是催眠信号，所以铃声响起时，他们会无意识地开始收拾东西想要迅速离开教室。当然与其说是催眠，可能说是条件反射会更合适。文彦博苦笑着摇了摇头，对自己刚刚的想法做出了反驳——这是他的思维习惯，然后关掉投影仪，开始低头整理教案。

他还有一件很重要的事情要做，这件事比吃饭睡觉都更加重要，那就是——

接女儿放学。

随着学生们陆续离开，空荡荡的教室最后只剩下三个看起来不像是学生的成年人，他们坐在最后一排的角落。其中一人关上了教室大门，然后守在门口；其他两个则缓缓地走到了讲台前，面色不善地看着文彦博。

"有什么问题吗？"一种极为不祥的预感忽然逐渐笼罩了文彦博的心头。

为首的人穿了一身黑色，不过长得倒是慈眉善目，小眼睛习惯性地眯成一条缝，眼角的细纹透着笑意，但这笑意可不是什么真心的笑容，反而更像是黄鼠狼抓到母鸡时露出的得意。

他说："自我介绍一下，我姓陈，今天特意来听文教授的公开课，发现的确很有趣，难怪学生们对你的评价很高。"

文彦博将手里的教案收拾整齐，轻轻放在桌上，居高临下地看着讲台下的陈，说道："谢谢。"

陈："有一点我特别好奇，你课上提到的那盘录像带，真有那么神秘？"

文彦博："我是怀疑论者，不相信鬼神之类的说法，在我看来，如果录像带和那些死者真的有关系，那肯定是因为录像起到了催眠的作用。"

陈："你的意思是，看过录像带的人就会受到催眠，然后导致了死亡？"

"你问的这个问题，我在上课的时候已经回答过了。"

陈用鼻腔发出"哧"的一声，明显不相信催眠会有这么大的作用。

文彦博努力想从陈的眼神中读到一些信息，但却一直无法弄懂这个黑衣人接近自己到底是为什么。难道只是寒暄两句，表达一下自己对催眠的不屑？

"我还有些急事，如果你们对催眠感兴趣的话，下节课也可以来听一听。"

"我对催眠没什么兴趣,但我对你很有兴趣。另外,我知道你急着接文南,不过现在不用着急了。"

听到"文南"两个字的那一刻,文彦博那双隐藏在讲台下的手蓦地牢牢攥紧,他的声音也变得有些颤抖:"你什么意思?!"

陈微微仰头看着文彦博:"只是有件事需要文教授帮忙而已。"

文彦博感到一阵强烈的心悸,甚至眼前发黑险些昏厥。他知道现在自己必须保持理智,于是用力地深呼吸,努力保持镇定,胸口剧烈地起伏着,就像刚刚百米冲刺过一样。

"我女儿现在……?"

"放心,没人会将文南怎样。我只是需要一个让我能够信任你的理由。"陈笑眯眯地说,"据我所知,许氏财团的前任主人——许震,你和他应该有着密切联系吧?"

文彦博强忍着心头的怒火以及对女儿的深深担忧,回答说:"我曾经是他的心理顾问,负责他的心理健康,可是他现在已经去世了,恐怕你在我这里得不到什么有价值的信息。"

"呵呵,文教授真是敏感,我还不至于让你出卖一个死人。不过,许氏财团的继承人许杏儿小姐,她可是相当地依赖你啊,而且在父亲死后又聘请你做了她的心理顾问。"

文彦博隐隐猜到了陈的来意:"你的目标是许杏儿?"

陈:"准确来说是许震留给许杏儿的一个密码箱,只不过现在箱子和打开箱子的密码都在许杏儿那里,我需要你把它们搞到手。"

文彦博立刻摇头:"我不知道什么箱子,更不知道什么密码。"

陈:"你当然不会知道了,这个密码箱对许氏财团至关重要,知道它的人并不多。"

"既然这样，你凭什么认为我能帮你得到箱子和密码？"

"因为你是她的心理顾问，在许震死后只有你和她的关系最近。"陈继续说道，"而且你还是一个催眠大师，对你来说，催眠许杏儿然后让她主动把一切交给你，这简直再轻松不过了。除了这些，还有一个你我心知肚明的原因，我想就不用我多说了吧？"陈知道文彦博的内心正在动摇，于是又扔出了早已准备好的"诱惑"，"事成之后，你将会获得一大笔钱，足以让你和你的女儿过上无忧无虑的一生。"

文彦博竭力压抑着心头的恐惧。他不在乎那笔钱，也不在乎箱子和密码到底有什么用，他只想女儿平安无事。

"我以为你至少会问我一下报酬的数目是多少，比如是一千万还是两千万。看来你的确是个不在乎身外之物的人，呵呵，一个高尚的人。"陈接着讥讽道，"既然你那么不在乎报酬，那我就只能让文南变得更有价值了。这样吧，给你十分钟，也给我十分钟，我保证你一定会点头，好吗？"

说完，陈身边的那个黑衣人大步离开了教室，文彦博的眼中倒映着那抹渐行渐远的黑色，他开始因为恐惧而情不自禁地颤抖起来。

这个心慌意乱的父亲掏出手机拨打女儿的手机号码，可是始终却无人接听。陈没有阻拦他，而是用一种享受的姿态看着文彦博。

文彦博的恐惧到达了极点，几乎是从牙缝里挤出来一句话："我答应你们……"

"不要急，还是等到十分钟后你再给我答案吧。"陈点了一根香烟，享受着当下，他喜欢这样慢慢折磨猎物，一点一点地摧毁文彦博的底线。他知道拖得时间越长，猎物就会越急躁，随后丧失理智，任其摆布。

时间一秒一秒地流逝，文彦博心急火燎，现在他正面临着前所未有的危机。他所珍视的一切：女儿、生活、道德底线……通通都要崩坏。

刚好十分钟的时候，匆匆离去的黑衣人终于赶回，手里拿着一个精致的黑色盒子。他把盒子递给了陈，陈转手把它放在讲桌上——文彦博的面前。

这个黑色的盒子就像是那盘黑色的录像带，充斥着死亡的气息。

文彦博感到阵阵晕眩，浑身布满冷汗，他不敢打开盒子。

陈吐了个烟圈："抓紧时间打开看看吧，你一定会喜欢的。"

这个浑蛋！

文彦博用尽全身的力气攥紧拳头，然后松开，反复三次之后终于下定决心打开了盒子。

盒子很精致，表里如一地精致，里面铺着一层金色的法兰绒……而在绒布之上，放着一缕头发！

它被打了一个结，并且用发卡固定住。发丝很柔软。发卡是一只卡通小猫，小猫笑得很开心，眼睛都眯成了两根横线。

文南是文彦博的掌上明珠，文彦博了解女儿的一切。她就是他的生命，所以即便没有那个标志性的发卡，当他看到头发的那一瞬也会立刻知道它的主人是谁。

"南南……"

文彦博的生命和尊严就像是银盘里精致的水果，而现在陈推翻了盘子，并且无情地践踏着地上的果子。他不由自主地感到阵阵晕眩，就像是自己的大脑被人重重一击，整个人瞬间变得痴傻一般。

陈饶有兴致地看着文教授，心想这个男人下一刻会不会跪着求自己放过文南，那场面一定会非常有趣。他经历过太多这种场景，见过太多为了子女或是妻子而弯下的腰、断掉的脊骨。那种感觉实在是让人愉悦。

不过，文彦博让他失望了。

这个男人关上盒子的时候，仿佛一瞬间苍老了许多，连眼角都泛着血红色。他仰起头，闭上眼睛，一言不发。

文彦博仿佛在进行着自我催眠，他在心中不停地呼喊着"冷静"。

他闭上眼却能看到女儿，看到文南发出银铃般的笑声，从滑梯上滑下。

他看到女儿穿着绣着碎花裙，在草地上和金毛玩耍。

他甚至还看到了女儿就站在他的面前，嘴唇微动，好像在说：

爸爸救我，爸爸救我……

他，已经别无选择。

文彦博终于睁开眼睛，与陈四目相对。陈以为面前始终高高在上的教授终于要跪在自己脚下，没想到文彦博却说道：

"你刚才仔细听课了吗？"

陈忽然不知道应该如何回答，他感觉自己一下子回到了学生时期，面对着不怒而威的老师，心生胆怯。

"我说过，催眠需要催眠师和被催眠者之间建立足够的信任，而且催眠过程中如果触及隐私，很有可能会立刻失败。如果想要从许杏儿口中套出箱子的下落和密码，就需要设计一个天衣无缝的局，要让她信任我，甚至愿意主动向我透露秘密。"

陈没想到文彦博的反应会是这样。不知道为什么，这个作恶多端的杀手突然感到了一丝恐惧。

或许催眠真的如他所说的那样神奇，所以他才会对自己这样自信，他真的认为自己能够成功完成任务，然后救出女儿。

文彦博到底是一个自大狂，还是故作高深的骗子，抑或是……拥有真材实料？

或许都不是，他现在只是一个疯狂到极致反而重归理智的父亲。

陈敛起笑容，严肃地说道："只要你能完成任务，我们会尽一切可能配合你的计划。"

文彦博:"我还有一个疑问,既然你不相信催眠,为什么一定要找我帮忙?"

陈没有回答。

"呵,你不相信催眠,却不代表你身后那位也不相信。看来你们也是被逼到了绝路,才会想出使用催眠达到目的这种疯狂的计划。"文彦博已经不再颤抖,他把装有女儿头发的盒子紧紧抓在手里,冷静地说道,"做这件事情需要花费一段时间,在这期间我必须确定我的女儿不会再受到任何伤害。"

陈:"如果一切顺利,我保证。但有一点我也要提醒你,你的时间,并不是很多。"

他说这句话的时候很果断,没有丝毫的犹豫,但是左眼瞳孔还是不自主地震颤,嘴角微不可察地上扬。这些细节全都被文彦博看在眼里。

文彦博收回心思,抱着教案率先离开了教室,陈则不紧不慢地跟在后面。接下来他将会全力配合文彦博的计划,不过也会一直暗中监视,只要发现文彦博报警或有其他可疑举动,就会让他再也没有见到文南的可能。

走出教室后,文彦博重重呼出了一口浊气。他看起来并没有什么奇怪之处,只是教案却已经被他紧攥得发皱。

此刻,这个无助的父亲正竭力装作若无其事地向前木然行走着,路上遇到向他问好的学生时,也会微笑着回应。陈不禁在心中嘲讽:不愧是研究人心的专家,这种人往往欺骗起自己来也是毫不心慈手软,他现在的样子就像是已经忘记了自己女儿被绑架了一样。

当两人一前一后抵达校门口的时候,陈忽然脸色一变,他按了按藏在左耳里的微型耳机,他要监听的,当然是从文彦博身上的窃听器传来的信息。

校门外，一个女人降下车窗，露出一张精致面容，她扎着马尾辫，透着一股青春气息。看样子她已经在这里等了很久，皱着眉头对文彦博抱怨："师哥怎么下课这么慢！快上车吧，我带你去接南南。"

　　陈瞳孔一缩，等待着文彦博的反应。

　　文彦博摇了摇头："南南生病了，今天没去学校。"

　　"病得严重吗？"女孩儿脸上的担心不似作伪，看样子她是真的很关心南南。

　　"没事，感冒而已。但你也知道她的脾气，一有点头疼脑热就吵着不去上学，我拿她也没办法。"

　　女人"扑哧"笑了一下："小孩子都这样。"

　　两人又聊了几句，全都是关于文南，而且文彦博从始至终没有表现出任何反常之处。只是在临别的时候，他忽然问了一句："对了，上次你说你要写一篇关于瞬间催眠的论文，进展如何了？我记得蒋老师生前最后想发表的就是这方面的内容，如果你能完成那可真是太好了。当然，有什么需要帮忙的尽管找我。"

　　"论文？"女人看着文彦博的眼睛，忽然想到了什么，将嘴边的话咽了回去，说道："师哥就是厉害，我的确有些疑惑想请教你呢，等你哪天有空我去你家找你好不好？"

　　文彦博轻轻点头："随时恭候。"

　　女人不好意思地笑了一下，然后便升起车窗，径自开车走了。

　　陈见状悄悄走到文彦博身边，问道："她是谁？"

　　文彦博解释："她叫吴瑶，和我一样，都是蒋重轻老师的学生。"

　　"她和你关系很好？"

　　"一直很好，我离婚后多亏有她经常帮忙照顾南南，所以南南被你绑架这件事绝对不能让她有所察觉。"

"听起来你现在反倒像是我的同伙。"

文彦博摇头说："吴瑶是警队的犯罪心理顾问。"

陈听后顿时心中一惊，抬头看着车子离去的方向，恶狠狠地威胁道："文彦博，我劝你最好不要动歪心思。"

文彦博却忽然说了一句没头没脑的话，"你已经监视我这么多天，难道还不知道我是一个绝不会拿女儿性命冒险的人？"

真是奇怪，他为何说陈已经监视了他许多天？难道说南南被绑架一事另有隐情？

文彦博说这话时直勾勾地盯着陈，这让陈感觉不太舒服。为表反抗，陈同样看向文彦博，不过从他的眼睛中却没有找到自己的身影，反而感觉文彦博的眼睛已经没有了神采，就像是死亡录像带中的男人一样。

想到这里，他的脑海中情不自禁地回放起录像的内容，仿佛文彦博的周围也变成了隧道，迅速地飞逝着，最后变成了一团白色的光。

那一刻，陈忽然打了个冷战，然后赶紧主动移开了视线。

与此同时，吴瑶正开车往警局赶去，她皱着眉头，眼中满是担忧。

她的确没看出文彦博有什么反常，但从他的话中却察觉到了许多疑点。

比如自己从未写过什么论文，而他还故意提起了蒋重轻，更表明他是话里有话。

有话不能直说，说明文彦博正被监视着。

故意提起蒋重轻，说明此事和蒋老师有关系。

吴瑶想起蒋老师死于心脏病突发，而文彦博一直认为老师的死大有蹊跷，可是即便警方介入之后也没能查出任何异常，最后也就无法立案。

时隔多年他突然再度提起旧事，到底是在暗示什么？

【2】

许杏儿是个孤僻、沉默的女人。她在十八岁那年被送到国外,直到二十八岁才回国,之后许震力排众议,让许杏儿继承了自己的事业。

似乎没有人值得她去信任,也没有人能够让她依赖。她最喜欢做的事情就是孤孤单单地站在许氏大厦的顶层,目光穿过落地窗眺望远方。没人知道她发呆的时候都会想些什么,但文彦博确定,她偶尔会想到自己。

因为她有时看向文彦博的眼神很不一般,带着别人从未见过的色彩。

她和他之间,曾有过很多故事,而且原本有很大可能发展出更多的情节。

十年前,那时文彦博和他的老师蒋重轻都是她父亲的心理顾问,老师的水平很高,主要负责许震的心理健康。而文彦博更多的是在学习,以及偶尔和许杏儿闲聊两句。

两人便是这样相识、相知。

后来她去了国外,等到再回来的时候,蒋重轻已经去世,文彦博已经结婚生子,父亲更是奄奄一息。

仅仅十年的工夫,什么都变了。

许杏儿脱掉高跟鞋,解开衬衫的第二颗纽扣,将盘好的头发解开,一头黑丝如瀑布般垂下。她在时间的缝隙中寻找着能够放松自我的短暂片刻,然后如婴儿吸吮奶水那般贪婪地享受着。

手机忽然不合时宜地响起。

许杏儿原本打算不予理会,然而眼角余光扫过手机的时候看到了"文彦博"三个字。她稍微犹豫了一下,还是按下了接听键。

"你好,我是文彦博,现在方便说话吗?"

"嗯。"许杏儿背靠着落地窗,玻璃被阳光晒得暖乎乎的,略微有点烫,让她舒服得险些发出一声呻吟。

"是这样的,周末南南要春游,我想陪孩子一起去……所以,原定周日的心理咨询能不能提前?"

春游吗?许杏儿微微出神,她还从来没有参加过春游这类的活动呢,不仅是春游,还有运动会、同学会等。那些集体行动只会浪费时间,而她能利用这段时间做很多事情。

比如,赚一个亿?呵呵,女人发出一声轻笑,不知道是在嘲笑那些无聊的集体活动,还是在嘲笑自己。

"如果你觉得不方便的话,就按照原来的计划也可以。"

许杏儿犹豫了片刻,轻声说:"不,很方便。"

电话那头的人仿佛舒了一口气。"那真是太谢谢了,如果我不去的话,恐怕南南又要哭闹好久。"

南南,哭闹?是啊,那孩子一直是个哭包,娇滴滴的,总是在肆无忌惮地表达着自己的情绪。许杏儿见过文南几次,对那个孩子谈不上喜欢或是讨厌,但她不得不承认,每次看到南南的时候都会感到一种酸涩感。

像是嫉妒?可她为什么要嫉妒一个七岁的孩子?

"你觉得把咨询时间挪到什么时候比较合适?我这边随意,毕竟你帮了我很大的忙。"

许杏儿把手机放在左耳边,听着文彦博富有磁性的声音,忽然感到一阵疲倦,对接下来的工作丝毫提不起兴致。

或许是因为文彦博每次在"催眠"自己放松的时候,用的也是这种嗓音吧?

她说:"今天下午。"

"好的,下午见。"

男人等了三秒钟,发现许杏儿什么也没说,这才挂断了电话。女人则依然保持着刚才的姿势,忽然叹了口气。

她拨了一个号码,随后秘书赶到了这片只属于许杏儿的禁地。

"许总,您找我?"

许杏儿慵懒地说道:"把今天下午所有的会议取消,然后通知许为仁替我参加晚上的慈善晚宴。"

秘书小姐面露为难,但还是立刻点头,然后迅速转身离开了这个房间。

按理来说,像许杏儿这种性格的女人,是无法驾驭一个偌大的财团的。许震做出这个决定的时候,财团上下很多人都不理解,因为她远不如弟弟许为仁那般了解财团,而且还是一个女人。

更重要的是,她还是个美人。她的外貌和身材只会让人放大她的美貌,而忽略她的内在。

或许现在财团上下没有一个人认为她能够打理好公司事务,他们更信任许为仁而不是许杏儿。所以在如此可怕的偏见之下,她决定偶尔放纵一次,去做自己想做的事。

交代好工作之后,许杏儿系好纽扣,盘好头发,穿上高跟鞋,恢复了高冷的职业女性形象,独自来到车库,驾车赶往别墅。

那是父亲生前做心理咨询的地方,虽然地点有些偏僻,但风景却很好,而且很安静,所以她和文彦博的咨询也保持在那个地方没有改变。

车子逐渐开出市区,许杏儿习惯自己开车,出国留学的那几年她学会了如何打理自己的生活,不需要任何人插手。

开车的时候,她情不自禁地想到了文彦博。

他到底是个怎样的男人呢？父亲死后，文彦博的脸上看不出任何悲伤，葬礼上也没有表现出多少悲痛，他其实不该是这样的。负责父亲的心理健康那么久，他应该是最了解父亲的人，如果他表现得足够难过，活着的人一定会给他相当丰厚的回报。

　　可文彦博偏偏没有。面对活着的许震时，他倾尽全力去了解咨询者，去开导、倾听。而当许震死后，他甚至吝惜一滴眼泪。所有人都觉得文彦博是头白眼狼，不能让这个掌握着许氏财团太多秘密的人继续"活下去"。

　　是许杏儿把他留了下来，她不觉得文彦博很冷漠，她觉得悲恸大多建立在遗憾或者演戏的基础上。如果孩子在父母生前已经尽孝，那么分别的时刻应当是平静的，甚至是愉悦的。

　　因为死是生的一部分，它来得安详，生命就此圆满，这没有什么值得悲伤的。

　　所以许杏儿觉得文彦博是真正了解父亲的那个人，比她自己，比弟弟许为仁，都更加懂得许震。

　　当然除此之外，对于许杏儿自己来讲，文彦博还透着很多与众不同的吸引之处。

　　他本来拥有一个幸福的家庭，家庭却因为某些原因而分崩离析。妻子离他而去，他只能独自一人带着女儿继续生活。虽然他情不自禁地变得忧郁，但仍努力给文南一个圆满的家庭，同时扮演着父亲和母亲的角色。

　　每次在向文彦博咨询的时候，许杏儿都很想让两人的身份互换，她想听文彦博讲一讲自己的故事，这十年他到底经历了什么，包括事业、感情等一切。

　　好奇往往是某种感情的开始。

　　但是许杏儿对文彦博的感情也就到此为止了，她欣赏那个男人，也觉得他很有趣。

可她还是不信任他。

"我不信任任何人。"

许杏儿心里这样想着,突然感到一阵冲击从车后传来。她身子前倾,头部险些碰到了车窗,尽管她用力地踩着刹车,可是车子还是不由自主地被推向前方,直到最后撞到了另外一辆车子的尾部。

她和她的车就像是一片火腿,被两片吐司夹在了中间,无法脱身。

到底发生了什么,意外,还是袭击?

许杏儿解开安全带,但没有打开车门,而是冷眼看着一个穿着黑衣、戴着墨镜的人走到车旁,用力地敲着车窗。

她并不慌乱,暗中拨通了某个电话,头部则一直冲着窗外的黑衣人,故意装出一副无辜而且受到惊吓的模样。

"开门!打开车门!"外面的黑衣人最初像是一个因为车子被撞而愤怒的车主,他想要把许杏儿揪出来好好理论一番,但发现那个女人的警惕性很高,一直不愿意打开车门,就换了另一副面孔。

他掏出一把手枪,对准了车里的女人,准确来说是对准了许杏儿的眉心。

这一刻许杏儿终于弄懂了眼前的情况,很明显是有人泄露了她的行程,所以她才会遭遇杀手的伏击。这个杀手可能来自竞争对手,也有可能来自某些想要害死她从而攫取利益的人。泄露情报的可能是自己的秘书,也有可能是刚好知道自己行程的文彦博。

她忽然想起昨晚自己曾收到一段视频,不知道是谁匿名发来的,但里面的内容却很奇怪:"23252"。

最初许杏儿只把那段视频和藏在里面的数字当成了某种意义上的恶作剧,可是自己现在的处境却让她不得不重新审视视频透露出的讯息。

许杏儿的目光穿过车窗，原本脸上各种复杂的神情逐一消失，她并不畏惧那把枪，因为她知道杀手此行的目的并不是杀掉自己。

　　如果他要杀死自己，制造一起车祸远比枪击容易得多。

　　短暂的对峙后，杀手变得更加暴躁，眉头拧紧，暴露出内心的纠结，他想要开枪打破僵局，但又在犹豫。

　　就在这时，一辆车飞速驶来，重重地撞在黑衣人身上，后者顿时如同断线的风筝般飞了出去，最终倒在血泊之中。不知道他死了没有，但在许杏儿看来，应是八九不离十了吧。

　　亲眼见证了这一刻，她的心底生出一种混合了厌恶、快感、恶心、美感等的感觉，让她罕见地觉得有些无所适从。

　　她从未亲眼见过死人，虽然袭击从小时候就一直存在，但总能由保镖杜绝在视线范围之外。不像这一次，死亡距离她如此的近。另外，被送去国外的这十年里，她已经远离纷争太久，或者说是安逸得太久了。

　　所以才会觉得不习惯。

　　即便是隔着车窗，许杏儿也仿佛能够嗅到血液中的铁锈味，能够感受到那人停留在自己身上的眸子。

　　她毕竟还是个女人，女人是敏感的。

　　敏感虽然不意味着脆弱，但却意味着强烈的感受性。

　　许杏儿忘记了自己是如何继续开车赶到别墅的，也忘记了自己和文彦博碰面时说了什么，她完全沉浸在自己的幻想中难以自拔——关于那只"风筝"是如何飞上天空的。

　　一只流着血的人形风筝，摇摇晃晃地飘向半空。

　　看着那只风筝，她感觉自己变得前所未有地轻盈，仿佛随时都会飞起来。

【3】

"保持深呼吸,不要停止,当你睁开眼睛的时候,将会远离那里。"

"保持深呼吸,不要停止,当你睁开眼睛的时候,将会远离那里。"

"保持深呼吸,不要停止,当你睁开眼睛的时候,将会远离那里。"

一个熟悉的声音反复在耳边重复着同一句话,许杏儿跟随着它的指引,努力睁开眼睛,忽然发现自己正躺在柔软的沙发上,鼻尖嗅到的是熏香味,耳边是绝对的安静,只能隐约听到一个男人的呼吸声。

这是父亲生前做心理咨询的地方,一间不到二十平方米的书房。绣着曼陀罗花纹的地毯、暗黄色的墙壁、深红色的书柜,组成了这里。

她面无表情地坐了起来,整理了一下杂乱的发丝,尽力让自己表现得像是一个淑女。

文彦博坐在对面,脸上满是歉意,他说:"真是对不起,如果不是我临时提出更改咨询时间,你也不至于遇到这种事情。"

许杏儿低头看着自己的脚,发现高跟鞋不知什么时候已经被人脱掉。"不必,既然继承了许氏财团,这种事情早就应该习惯的。"

"你现在感觉怎么样,还会不由自主地回想当时的场景吗?"

"不会了。"

"那我可不可以拉开窗帘?刚才是为了营造一个适合放松的场景才拉上它的,今天的阳光很舒服,总感觉不晒一晒会有点可惜。"

"随你。"

文彦博起身走到窗边拉开厚重的布帘,然后又回到了沙发上。阳光顿时倾泻而入,充满了整个房间,和煦、温暖而且并不刺眼——原来现在已经接近傍晚了。

许杏儿适应了一下光线，抬头看向文彦博，发现阳光刚好铺满那个男人的脸，让整张面孔显得更加立体。他眼眶深陷，面庞的线条刀削般硬朗。而且阳光映亮了男人的眼睛，浅褐色的瞳仁，漆黑的瞳孔，瞳孔的边缘还有一圈淡淡的蓝色，让男人的眼神真诚而且富有冲击力，仿佛可以看穿女人的心灵。

和文彦博相处的时间已经不短，但许杏儿还是头一次生出被看透的感觉，这让她觉得有些难受……更多的则是觉得文彦博有着一对明亮而且好看的眼眸。她记得父亲的双眼，随着年纪的增大变得越来越混浊，有黄色的小块还有密集的红血丝，显得疲惫不堪。

可是文彦博不同，他的眼睛既有成熟男人的稳重，也有年轻男人的活力。

就在许杏儿盯着文彦博的眼睛怔怔出神的时候，男人忽然往后靠，把身体埋在沙发里，同时脸部也离开了那片光线。

"阳光有些晃眼。"文彦博轻声解释道。

他的眼睛由亮处转入暗处，瞳孔以肉眼可见的速度放大，显得黑而且亮。或许是因为刚刚被阳光刺到，他的双眼表面还蒙着一层水雾，显得朦朦胧胧。

许杏儿情不自禁地打了个冷战，意识到自己已经沉浸在男人的眼中太久。

文彦博似乎没有意识到这一切，微笑着开始咨询："你这些天有没有遇到什么难题，感觉会导致你情绪失控之类的？"

"没有。"

"这么说来，今天遇到袭击算是你近期遭遇到的唯一一件大事了。"

"小花死了，死在我的车底下。"

小花是公司附近的一只流浪猫，冬天的时候喜欢趴在车轮子上休息，而且它最喜欢的就是许杏儿的那辆车。从最初的偶遇之后，许杏儿时常会喂它一些食物，但从来不触碰它，只是蹲在旁边静静看着。

对她来说，公司里发生的一切都算不上大事，但是小花的死亡带来的冲击却相当于她本人受到了袭击。

文彦博听后脸上露出一丝遗憾的神色："上周不是还活得很好吗？而且胖了不少。"

许杏儿："我不知道，可能是得病了吧。"

文彦博又问道："那你的睡眠状况怎么样呢，还在失眠吗？"

"嗯，似乎只有你帮我做过放松治疗的那一夜才会睡得稍微好些，不过第二天就又变成了老样子。"许震去世之后许杏儿便患上了失眠的毛病，这也是每次心理咨询的重点。然而遗憾的是，文彦博的治疗方案一直没有起到什么实质性的进展。

"说实话，放松治疗只是一种停留在较为表面的治疗方法，就像我刚才利用它帮助你离开那个令人不适的场景。但是它的作用很小，可能在我离开之后，你依然会受到相同的困扰。"

许杏儿漫不经心地问道："所以呢，你觉得用什么方法才能治好我的失眠？"

文彦博："应该是更深层次的方法吧……不过方法是次要的，关键在于你是否愿意配合治疗。可是从这段时间的表现看来，你对我的阻抗还蛮严重的。"

"十年前的朋友在十年后成了你的心理顾问，中间又从来没有过任何联系，如果你我角色互换，你也会和我一样。"许杏儿面无表情地说道，"而且我刚刚回来就继承了许氏财团，实在没有办法相信任何人。"

话题陷入了一种尴尬的处境，就在这时，一个中年女人恰好端了两杯咖啡过来,打破了这难堪的氛围。

文彦博双手接过咖啡,礼貌地说道:"谢谢你,谭姨。"

许杏儿那边也是一样,只不过少说了一个字:"谢谢,谭姨。"

似曾相识的一幕,似乎在十年前也发生过类似的事。当时谭姨送来的是果汁,男人说的是"谢谢你",少女说的是"谢谢"。少女问男人,为什么要多说一个"你"字,男人说因为这样会让被感谢的人明确感受到对方是在感谢自己,而不是习惯性的礼节。

当时少女认为多说一个字不会有这么多的学问,于是她真的问了谭姨的感受。得到的答案是,男人的那句"谢谢你"更加令她受用。少女这才发现语言有着那么大的力量,每一个字都不能忽视。

而现在,被称作谭姨的女人微笑着,什么也没有说,转过身离开了书房。她为许震当了一辈子的管家,知道自己应该什么时候出现,什么时候消失,以及什么时候应该保持沉默。

她和财团没有任何关系,这是她能够留在许震身边多年,直到许震死去依然能够留在许家的根本原因。但这并不意味着有人会轻视她,真的只把她当成了一名小小的管家。

有时候,珍贵的不只是能够创造历史的人,比如许震;那些见证历史的人也弥足珍贵,比如谭姨。

文彦博用鼻尖感受了一下咖啡的温度,然后用嘴唇轻轻抿了一口。坐在对面的许杏儿则不同,她不需要试探温度,而是小口吹着气,同时看着荡漾出波纹的咖啡表层,直到欣赏够了之后才开始啜饮。

"你喝咖啡的样子真是一点都没变。"文彦博感慨说。

许杏儿依然盯着杯子里的波纹,漫不经心地说:"你的变化很大。"

文彦博有些惊讶:"是吗?我以前是怎么喝咖啡的,说实话我自己都没有印象了。"

许杏儿似乎看腻了,将咖啡放在茶几上,文彦博也是如此,他一直看着许杏儿的脸,等待着对方的回答。

"你以前是不喝咖啡的。"

文彦博忽然无言以对,陷入了一种比尴尬还要难受的处境。至少尴尬不会让他想要逃离。

许杏儿继续说道:"你也不喝酒,你说咖啡因和酒精会扰乱你的神经,让你偏离精神常态。"

"呵呵。"文彦博一边发出不好意思的轻笑,一边用手摸着鼻子。

"一转眼,都已经十年了啊。"许杏儿的眼睛虽然看着文彦博,但显然没有将焦点也放在这个男人身上,而是跟着思绪去了很久很久以前。

文彦博没有说话,许杏儿好不容易打开了话匣子,他很愿意让她多说一些。

说得越多,他得到的也就越多。或许这就是沉默是金的真正含义。

然而事情却不像文彦博想的那样顺利,许杏儿在说了那句没头没尾的话后,重新回到了沉默之中。

文彦博说道:"算起来你和我也好久没有聊过天了,要不要今天随便说点什么?"

许杏儿点了点头:"可以,只是我不知道应该从何说起。"

"现在我和你不是心理顾问与咨询者的关系,而是朋友,你想从哪里说都可以。实在说不出来的话,可以喝一点酒……"

"你会陪我喝吗?"

"呃……"

"这一点倒还是老样子啊。"许杏儿似乎很喜欢看到文彦博窘迫的样子,她开心地笑着,脸上露出恶作剧成功后的得意扬扬。

顺便，她脱掉了丝袜。

当那两抹白皙在地毯的衬托下释放出惊人美感的时候，文彦博感觉自己回到了十年前，一个似曾相识的场景。

不过这种念头转瞬即逝，他迅速回过神来，把目光从女人的腿转移到了自己的手机上。"还是不要喝酒比较好，要不听首歌吧，这样有助于你酝酿情绪，然后释放出来。"

许杏儿看着文彦博的一举一动，懒洋洋地"嗯"了一声。

短暂的等待后，两人都熟悉不过的旋律响起。

"时光一逝永不回……往事只能……回味……"

两个人不约而同地看向对方，一言不发。

或许是因为，歌词已经代替她说了想说的话。

许杏儿的眼神开始有了情感，不再像之前那样，充满了审视、冷漠的意味，而是有了些许温度，带着沉甸甸的重量。

这一次，换成文彦博的内心有了刹那的动摇。

他果断地闭上了双眼，将身体靠在沙发里。

许杏儿看着文彦博的举动，感慨道："你又开始躲我了。"

文彦博睁开眼睛，但没有看向对面的女人，而是盯着天花板。"其实你不该找我当心理顾问的，一直以来困扰你的问题只是失眠，但是你明显对我的治疗有些抗拒。或许换一个人帮你，很快就能解决问题。"

"这么说的话，你当时就应该拒绝我的请求。"

"我没法拒绝，一个单身老男人带着女儿，除了父女感情之外什么都缺，你对我来说就像是救命稻草。"

救命稻草？这个说法的确很有趣，可是对于这两个人来说，到底谁是谁的救命稻草？

许杏儿对文彦博的回答很满意，这个男人对她越是抗拒、越是无可奈何地亲近，就让她越是感到愉悦。

"为什么不敢看我，要不要我把丝袜穿上？"许杏儿仿佛回到了十八岁的时候，骨子里洋溢着彩色的青春，不像现在只剩下黑色的沉默，"可是话说回来，你既然敢帮我脱鞋子，为什么不敢看呢？"

文彦博露出一丝苦笑，终于将视线放回了许杏儿的身上，一副欲言又止的模样。

许杏儿挑了挑眉。这是挑衅。

文彦博叹了口气，生硬地转移着话题："如果你没事了，那今天的咨询就提前结束吧。"

话音刚落，许杏儿的气息逐渐发生了变化。她就像是一块冰，内里冻着一根蜡烛。好不容易蜡烛燃烧了，冰块有了转暖的迹象。

然后烛火突然熄灭。

十八岁的她就像蜡烛，宁可牺牲一切也要燃烧自己。然而十年的时光就像是冰块，将她冰封起来。

文彦博不知道到底发生了什么，会让当年的少女变成现在的样子。

于是他忽然开始好奇，许杏儿究竟在这些年里经历了哪些事情。

而好奇，往往是……

"催眠我。"许杏儿忽然开口了，声音中透着不容拒绝的意味，"就像你的老师对我父亲做过的那样，催眠我。"

第二章　催眠试验

一直聆听着水滴声的耳朵接收到了"坐"的指令，身体便无意识地去执行。文彦博缓缓收回双手，而男生就像是一个木偶，身体逐渐瘫软，最后颈部也失去了力气，头部只能无力地垂下。

【1】

文彦博关掉音乐,顿时房间变得空旷起来,仿佛许杏儿刚刚说的"催眠"两个字都带着回音。

他问:"为什么?"

"通过催眠治好我的失眠,这不就是你想要做的事情吗?"

"呃,我只是觉得有些突然……而且催眠也是需要准备的。"

"那好,明天的这个时候,催眠我。"许杏儿的声音和语态向文彦博传递着一个信息——

你不能拒绝。

文彦博最终没有拒绝,也不会拒绝。

【2】

离开许宅之后，文彦博独自一人走在路上。天色渐晚，路灯悄然打开，显得整个人既孤单又落魄。

他从上衣的口袋里掏出一个巴掌大小的壶，四方形，扁平状，金属制的。他拧开盖子，然后用力地吸了一口。

浓烈的酒味儿。

十年的时间说长不长，但说短也不短，足够让一个人变成另外一个人。

从给许杏儿打电话请求更改咨询时间开始，文彦博和陈合作布下的局就已经开始了。

咨询时间的临时变动，给了陈派出杀手攻击许杏儿的机会，这会让她感到恐惧，并且在心中留下阴影。

安抚了许杏儿情绪的文彦博，就像是一根救命稻草，令她不由自主地产生依赖。

之后文彦博又通过回忆勾起许杏儿和他之间的往事，这一切不是为了让许杏儿平静下来，也不是为了给她解决心理问题。

而是为了让她对自己产生好感，甚至是爱上自己。

当目的达成，就是他催眠许杏儿、得到箱子的时候，也是南南回到自己身边的时候。

换句话说，坠入爱河这件事本身就等于一场最深刻的催眠！

可惜。

如果许杏儿是一个普通女人，文彦博只需要动用一点心机，就可以毫不费劲地将其拿下。

毕竟她本来就对他有好感，而且有探索的欲望，这对于感情来说是致命的。

当然，这里所说的普通不带有任何歧视。它只是说，普通的女人很喜欢信任一个有好感但又陌生的男性。

但许杏儿不是普通女人。

一辆通体漆黑的车子突然停在文彦博身旁，司机摇下车窗，露出一张"笑面虎"般的面容。

陈对着文彦博笑了下，然后打开了右侧的车门。文彦博稍作迟疑，随后便上车坐在副驾驶的位置上。

"没想到你还喜欢喝酒。"陈启动了车子，视线也随之回到了正前方，"我还以为像你这种大学教授，都是不抽烟不喝酒的好男人。"

文彦博收起小壶，重重靠在座位上。"你对好男人的定义就是不抽烟不喝酒？"

"嗯……这么说不太合适，应该说我以为学历越高的人自律性也就越强。"

"你的看法只是一种猜测，想要证实需要很多很多的实验和数据。"

"呵呵，不知道为什么，我特别喜欢和你说话。"陈先是笑眯眯的，不过随后就变了张脸，笑容完全被寒意所取代，"可是有一点我不明白，为什么许杏儿要你催眠她，你却拒绝了？这不明明就是你最想要的机会吗？还是说，你开始不在乎女儿的死活了？"

在文彦博的衣服上，留有一枚小小的窃听器，这是陈的底线。他可以允许文彦博随意行动，但一举一动、一言一行都必须在他的监视之下。

文彦博没有表情，只是直勾勾地盯着车窗外，似乎在数着自己经过了多少盏路灯。他的回答平静而且有力："我虽然是她的心理顾问，但她其实一直都不信任我。所以在这段时间里，我一直没能根治她失眠的毛病。"

"但这一次她主动向你提出了催眠。"

"这不意味着她信任我了，相反，她是在试探我。"

陈："什么意思？"

"她已经开始怀疑那起事故和我有关了，只是还不能确定答案。或许在你看来，刚才我和许杏儿的那场谈话中一直是我占据着主动。"

"难道不是吗？你先是把她从噩梦般的事发现场拯救出来，然后又打起了感情牌。"

"可是她也做着同样的事情。"

陈："我忽然又不太喜欢和你说话了。"

文彦博继续说道："你只需要明白一点，在我努力勾起回忆、大打感情牌的时候，她早就看穿了我的意图，并且跟着我的意思继续对话。"

"你这么做是为了让她爱上你、信任你，可是她又为什么要这么做，难道她也想让你爱上她？"

"不，她只是想确定我的态度。如果我接受她的亲近，并且毫不犹豫地同意催眠她，那就说明我是反常的，我将会从此失去她的全部信任。"

"这么说来，你拒绝催眠她反而是为了催眠她。"

文彦博闻言转过头看向陈的侧脸，感慨道："这句话就说得很有技术含量。"

【3】

与此同时，许杏儿坐在沙发上，她解开了发带，让整个人的状态更加放松，更加舒适。

在文彦博离开许宅五分钟后，谭姨走进书房，关掉了放在角落的摄像机。这算是许家的规矩，每一次和心理顾问的咨询都需要进行录像，并且保存。

脑海中忽然浮现出昨晚收到的神秘视频，那串没有破译的"23252"……还有今天和文彦博聊起的过去，十年前的往事，让许杏儿忽然有些思念父亲。

于是她轻声问道："父亲的录像都存着吗？"

谭姨微笑着点了点头。

"我想看。"

"先生和蒋老师的咨询记录将近二十年，平均一年咨询五十次，每次两个小时。你想从哪里看起？"

许杏儿心算了一下，差不多有两千个小时，换算成天数的话……是整整八十三天。

似乎父亲和自己都没有说过这么长时间的话。

谭姨补充说："早些时候用的是录像带，后来可以用光盘或是其他更方便的方式了，不过先生还是坚持继续用录像带，蒋老师也劝不动他。所以最后就存了好几箱子。"

许杏儿发现自己完全无法理解父亲。"他为什么要这样做？"

"我不知道，先生生前经常看着那些录像带发呆，蒋老师去世之后他发呆的次数变得更多，还说在他死后要烧掉这些录像。不过后来或许是病得重了,也就忘了这件事情。"说到这里,谭姨忽然想起了什么,"对了,我在整理录像带的时候,发现有几盒录像带上做了标记。"

许杏儿顿时有了兴致:"是什么样的标记?"

谭姨没有多说:"我给你拿来吧。"

几分钟后,许杏儿侧躺在沙发上,手里把玩着录像带。

一共有三盒录像带,上面的特殊标记就是一个用蓝色标记笔写下的"X"。除此之外,它们明显比其他录像带要旧一些,说明父亲生前经常看里面的内容。

有什么内容,是值得反复去看的呢?许杏儿想不明白。

不过随后她就不去想这个问题了,因为她打开了电视机,将录像带日期最早的那一盘塞进了录像机。

看着那台老旧的机子张开嘴巴,将充满回忆的录像带吞进去,许杏儿忽然发现这么多年过去了,其实这里一直没变。

许震还活着的时候,书房对于其他人来讲是如同禁地般的存在……只有母亲、谭姨和蒋重轻可以进入,至于其他人,比如许杏儿自己,还有弟弟许为仁,胆敢跨过书房半步,就要挨骂。她隐约记得自己小时候曾经偷偷来过这里,只是当时对那台放在角落的录像机并没有多加留意。

而如今父亲已经去世了,他所生长奋斗的那个时代也逝去了,许杏儿却在书房里发现了当年的老物件,这让她产生一种很特殊的感觉。

按理来说,她这个年纪的女人应该是不会使用老式录像机还有电视机这类电器的。可她偏偏能够顺利地让录像播放出来,仿佛使用它们是她的本能。

传自父亲的本能。

许杏儿回到沙发上,她没有注意到自己的双手有些颤抖。时隔多年,她还是头一次主动去了解自己的父亲……

电视屏幕先是充斥着蓝色，然后是雪花，接着在发出一通杂音之后终于呈现出略微模糊的画面。

一间普通的书房，两个面对面的沙发，中间是茶几，而在茶几的对面放着一台电视机。

房间的格局几乎没有变化，除了家具等物品更加富有年代感。

有两个人分别坐在沙发上，面对着面。许杏儿静静地打量着他们，眼神中透露着极其复杂的情绪。

其中一个人穿着西裤和白衬衫，看起来四十多岁，长得眉开眼阔，标准的国字脸，身上有着一股让人情不自禁去信任的气质。这个人，自然就是心理顾问蒋重轻。

而另一个人，眉间的川字纹，表情阴鸷，则让许杏儿既陌生又熟悉。陌生指的是电视里的那张面孔，已经太多年没见过。许杏儿出国十年，回来之后迎接她的是已经憔悴至极的父亲。而熟悉，指的也是那张面孔，是他生养了许杏儿，在她的人生写下了最重要的开始。

这个人，是许震。

【4】

1997年5月18日。

"你好，我是蒋重轻。"

"许震。"

两个男人简单地握了一下手，然后开启了长达二十年既是医患又是挚友的关系。

蒋重轻戴着厚重的棕框眼镜，衬衫的口袋里别着一根派克笔，里面还放了一个巴掌大的记事本。他取出本子，打开笔帽，将其别在笔记本的封皮上，然后开口说道："为了保证咨询的有效性，我需要记录一下对话内容，可以吗？"

许震明显不明白蒋重轻在做什么，对他的个人能力也是将信将疑。"随便，只要你能解决我的问题就行。"

"那就先说一下你的问题吧。"

"失眠，头痛。医院里的医生说我这叫什么……心理问题，我不是很理解，是精神病的意思吗？"

"不是，你可以把精神病理解成癔症，这是很严重的疾病。而心理问题的程度要轻很多。"蒋重轻给了一个很具有年代感的解释，"失眠和头痛只是症状表现，你还有其他的问题吗？"

许震想了想，说道："应该没有了。"

蒋重轻："那接下来我需要了解一下你的个人信息，比如家庭状况这些方面。"

许震挑眉："还需要了解这些？"

"是的，这是很关键的一步。"

"会问得很详细吗？"

"是的，会非常详细，因为这很重要。"

"可是医院都不会这样做，这属于侵犯隐私。"

蒋重轻推了一下眼镜，微笑着说道："所以医院治不了你的毛病，只能由我来。"

许震盯着蒋重轻，眼神中富有侵略性。"说实话我不太相信这些洋玩意儿。"

"遗憾的是，西医已经融入了你的生存环境，而现在，我所代表的心理咨询也是一样。"

"据我所知，你这一行并不受人认可。"

"西医最初也是一样，这需要时间。"

"可我怎么信任你？"

"你可以选择录像。"

许震忽然指了一下镜头。"我已经录像了，可我觉得这个并不够。"

蒋重轻闻言也看向这里，在许杏儿看来，就像是两个已经离世的男人看着自己。他们的目光穿过了时间，穿过电视屏幕，落在了她的身上，这让她感到有些诡异。

不过这种诡异的情况只持续了几秒，蒋重轻很快将视线转移回许震身上。"没想到你竟然能自己想到这一点，说实话你真的很有当来访者的潜质。"

许震不露痕迹地收下了这句"赞美"，问道："来访者是什么意思？"

"我们这行和精神科医生不同，不喜欢叫别人为病患，而喜欢叫他们来访者，或者求助者。"

"求助者？听起来不错。"

"没错，你必须明白一点，我现在之所以会坐在你的面前，是因为你在向我求助。而如果你想要让我帮助你，就需要向我袒露你的心声。"

"包括我的秘密？"

"如果和你的病情有关，的确需要。"

"这对我来讲实在是太难了。"

蒋重轻依然保持着微笑:"你知道在我和你的咨询关系中,最重要的是什么吗?"

"钱?或者说是利益?"

"那些只能驱动着我和你见面,但不会让我帮你解决问题。"

许震想了一下,说道:"尊重?"

"这个的确是很重要的因素,你尊重我意味着你会认真思考我给你的建议,而我尊重你则意味着无论你经历了什么、做过了什么,在我看来你都只是一个求助者……即便你是一个杀人犯……不过尊重并不是标准答案,还有一个比它更重要的。"

"我想不到。"

"是信任。"

许震忽然发出一声冷笑:"信任?你知道我的世界里最不能有的是什么吗,就是信任!"

蒋重轻:"难以置信,你做了小半辈子商人,居然跟我说人和人之间不能有信任。"

两人的对话戛然而止,许震明显很生气,不想将这场谈话继续进行下去。而蒋重轻则是一副云淡风轻的模样,似乎方才的事情并未扰乱他的情绪。

这时候有人轻叩房门,随后端着茶盘进入。那是年轻时的谭姨,她面带微笑,但是一言不发,为两个人分别送上一杯热茶。

蒋重轻:"谢谢你。"

许震则没有说话。

即便许杏儿是一个孤高的女人,也不得不在心里赞叹一下,年轻时候的谭姨就像是一朵百合,端庄大气,简单纯粹,与华丽绝缘,却又有香气。

蒋重轻小口吸溜着热茶，一脸惬意。

片刻后，许震忽然有些恼火地说："有没有人告诉过你，你吸溜水的声音很烦人？"

蒋重轻一脸无辜："可是喝热茶就要这样啊，难道你有其他喝法……"

话没说完，许震将杯中热茶一饮而尽，仿佛不知道什么是烫。

蒋重轻看得目瞪口呆，终于表现出了一丝失态。

放下空空如也的茶杯，许震黑着脸说道："有话就问吧，不过事先说好了，有些问题我是不会回答你的。"

既然面前的顽固分子选择后退半步，蒋重轻也相当识趣地退了半步："可以。"

"你的名字是？"

许震一脸的不耐烦："许震！"

"年龄？"

"三十五！"

"婚姻状况？"

"已婚。"

"有孩子吗？"

"一对儿女！"

"父母还健在吗？"

"都去世了！"

蒋重轻无奈地叹了口气，说道："你没必要喊着回答我，我又不是聋子。"

"这你管不着！"此时此刻的许震就像是一个孩子。

"你知不知道，说话大声的人往往是在掩盖心虚。"

"那你倒是说说看，我在心虚什么？"

"你和妻子之间的感情怎么样？"蒋重轻的话就像是一根针，也像是一枚炸弹，让许震如遭重击。

他的说话声顿时变小："你问这个做什么？"

蒋重轻："刚才你只有在回答婚姻状况的问题时，声音小了不少，所以我断定你在这方面有些心结。"

许震扭过头，"我拒绝回答。"

"你出轨了？"

"没有！"

蒋重轻忽然叹了口气，不再继续追问，转而继续开始吸溜起杯子里的热茶。

等到茶水喝尽，他说道："看来被我找到了病因。"

"凭什么这么说？"

"你在心虚，所以刚才我喝了半天茶水，你都没有表现出嫌弃。"

许震没有继续反驳，只是眼神在闪烁，似乎有意躲避着蒋重轻。

这一幕给了许杏儿极大的冲击……在她印象中的父亲，从来没有表现过这一面，他一直是顽固、要强的，不会承认自己的错误，也绝对不允许有人违逆自己的心思。

而在录像中，他却被一个小小的心理顾问逼到了边缘地带，变得像一个大男孩。

蒋重轻认真地说道："有一点我希望你能理解，我现在是你的心理顾问，这意味着我和你站在同样的立场上。你的秘密就是我的秘密，你的伤痛……我也能够感同身受。"

"不，你理解不了。"

"不试试怎么知道,你总是觉得没有人能够理解你,所以你才会变得这么孤单。"

许震听到"孤单"两个字,陷入沉默。

蒋重轻用轻缓的语气继续说道:"恐怕在她离开之后,你就再也没有对谁敞开过心扉吧?你的感情变得极度封闭,只能把全部心神都放在事业上……你甚至不敢对任何人表露出丝毫感情,因为哪怕只是把心上的那扇巨门推开一条缝隙,你都会陷入当初的痛苦当中。"

"够了,别再说了。"

"可是你的生活还没有结束,她不是你的全部,你们有孩子,你还有自己的理想和抱负。有时候你甚至想过自杀,可是你放不下现实的一切,而且你也觉得她不会愿意看到你糟蹋自己的生命。"

"我说,够了!"许震低着头,大声咆哮道。

"你为了逃避她离去的悲伤,却也刻意地遗忘掉了过去的快乐。你越是不能接受现实,失去的东西就越多。我能够理解你的做法,因为逃避令人不舒服的事物是人类的天性,可你现在所逃避的,偏偏是曾经最深爱的。"

许震哽咽着说道:"算我求你,别再说了……"

他,哭了。

父亲,哭了?

许杏儿怔怔地看着父亲满脸的泪水,忽然有些不知所措。她从未见过他哭泣的模样,即便是母亲去世的时候,他也没有流下一滴眼泪。

他,坚强得近乎无情。

可是录像中的他,却表现出了完全不同的一面。

许震双手掩面,近乎歇斯底里地哭泣着,同时压抑着不发出丁点声音。

"青儿……青儿……青儿……"他不停地重复着妻子的名字。

蒋重轻不再说话，只是静静地看着许震，眼含泪光。他没有说谎，许震的悲伤，他是真的能够感同身受。

十分钟，许震足足哭了十分钟，才终于将情绪整理好。

他仿佛将这些年积攒的所有眼泪通通流了出来，就连声音都变得有些嘶哑。"你知道我为什么偏偏找你当我的心理顾问吗？"

蒋重轻说："因为我名字里的某一个字，和你妻子名字里的某一个字，发音相同。"

"是啊，这些年我努力地忽略她，忽略身边一切她留下的痕迹，可还是没有用。"

"忘不掉的，你是个用情至深的人，压抑得越深，对你的伤害也就越深。你的失眠、噩梦等所有症状，其实都是因为过度压抑。"

"那我该怎么办……"

"不要急，接受过去不是一朝一夕的事情，我会一直帮你的。"

许震深吸一口气，说道："谢谢。"

蒋重轻开玩笑说："在'谢谢'两个字后面加上'你'，我会感觉你的感谢更有诚意。"

1997年的咨询，在两个人的寒暄中结束。

许杏儿抱着膝盖，把脸埋在里面，而电视机的屏幕也再度变成了蓝色。

老旧的录像机发出一阵"咯噔"声，随后电视机开始自动从头播放录像。许杏儿没有关掉它，似是通过它在清冷寂静的夜里找到了一丝慰藉。

【5】

同样清冷寂静的夜，陈开车将文彦博送回了家。

车子停在楼下，陈看着文彦博解开安全带，开口说道："许杏儿是个很坚强的女人，其实我不太觉得你的计划能够成功。"

"许震也是个坚强的人，可他也有自己的心理顾问，而且一用就是二十年。"

"好吧，计划的下一步是什么？"

"已经开始了。"

陈一脸好奇："你什么意思？"

文彦博："许杏儿应该在看许震过去的咨询录像，也应该看到了父亲崩溃脆弱的模样。"

"你怎么确定？难道你在书房留了监视器？"

"不需要，你也不需要知道。如果计划那么容易被人看破，那么许杏儿绝对比你更早看破。"

陈顿时哑口无言，许久后终于憋出来一句话："你的意思是，不让我理解计划的意义，也是计划的一部分？"

"嗯，这句话说得就很有水平。"

"如果你突然说让我自杀，这也算是你计划的一部分喽？"

"理论上来讲的确是的，但我不会那么做。"

"那我还要谢谢你的不杀之恩了。"

"明早八点来这里接我。"

"去哪里？"

"上课。"

"都这种时候了你还记得上课,真是敬业啊。"

"许杏儿应该已经对我起了疑心,我只有表现得足够正常,才能打消她的疑惑。"

"希望我陪你做的这些事情,最终不会一无所获。"陈轻声抱怨道,随后他眼睛一眯,发现有辆十分熟悉的轿车就停在文彦博家楼下。

文彦博自然也留意到了,轻声说:"是吴瑶。"

"让你和一个警察打交道,我总是不太放心。"陈的眼中流露出一抹杀机。

"再次重申一遍,我绝不会用南南的性命去冒险。"文彦博走出车子,然后径直走到吴瑶的车前,敲了敲车窗。

陈没有急着离开,而是盯着文彦博的一举一动。虽说这些天相处下来,他对文彦博多了一些奇怪的感情,似是佩服,也像是同情,但并不意味着他会信任文彦博,如果让他发现文彦博有任何异常之处,陈还是会选择立刻将其处理掉。

他看见那个叫吴瑶的女人走出车子,先是四下张望,随后又从车里取出一沓厚厚的文件资料。

文彦博接过资料从第一页开始仔细翻看着,感慨道:"问题还真不少。"

吴瑶揉了揉酸痛的脖子,说道:"主要是手头案子太多,时不时还要忙个通宵,只能偶尔抽空写点论文。对了,不请我去你家坐坐吗?"

"恐怕不行,这个时间估计南南已经睡了,回去反而不方便说话。"

"我说你最近好像有点忙啊,怎么回家这么晚?"

"许家那边状况不太好,所以多费了些心思。"

"那位许家大小姐到底是什么毛病,怎么总抓着你不放?"吴瑶眼中仿佛燃起了八卦之火,"你俩……该不会?"

文彦博眼皮都懒得抬一下："有没有点道德底线了，患者隐私也要打听！"

吴瑶委屈道："不说了不说了，你还是专心看吧。"

说是专心看，可那沓资料除了前面寥寥几页讲的是枯燥乏味的学术内容，后面便变成了其他东西。

文彦博翻开了新的一页，发现上面写着"你和南南到底遇到了什么麻烦，写在这里"。

他取出一支笔，一边在纸上写字，一边说道："瞬间催眠的理论基础还是薄弱了些，你需要再查些资料，我给你几个人名，你着重看一下他们近两年在核心期刊上发表的论文。"

嘴上这么说着，文彦博却在纸上写下"许杏儿，神秘箱子以及密码，我，文南已被绑架"。为避免暗中监视的陈心生怀疑，文彦博不能留下太多线索，只能寄希望于吴瑶可以看懂自己的提示。

随后他将论文递了回去，说道："南南最近总是吵着要去游乐场，真是头疼。"

"既然孩子想去就带她去呗，别总是老母鸡护崽似的。"

"好，有机会就带她过去玩玩。"

"那就不打扰你休息了，等我又有问题了再来找你。"

"你还真是不客气。"

陈的眼中看着那边二人的一举一动，耳中听着窃听器里传来的声音，确定他们并未提及任何关于"绑架"之类的字眼。紧接着他看着吴瑶驾车走远，忽然很想开车跟上去，但转念想到她的警察身份，还是不要节外生枝的好，毕竟那位还等着自己回去汇报计划的进展。夜色黑得不太寻常，月晕很浓，预示着一场倾盆大雨即将到来。

【6】

江城大学，心理学公开课。

"很高兴再次见到你们，尤其是昨天听过课的大多数人还能够活下来这一点，令我格外高兴。"文彦博又一次站在熟悉的讲台上，这个地方属于他，并且赋予他一种特别的气质。

淡定、自信、风趣，他的确是一个很不错的老师。

今天教室里的学生明显多了不少，还有很多陌生面孔，应该是因为上一节课的内容引起了关注，导致很多学生赶来凑个热闹。当然，还有部分学生上次选择了逃课，而这次则没有。

文彦博简单扫视了一下台下，发现陈坐在了第一排的边缘，正笑眯眯地看着自己。

"上节课我说过，这次会给你们展示一下催眠。有没有人自愿做一下'小白鼠'，有的话可以举起你的手。"

话音刚落，不少学生纷纷举起了自己的手，看来都对"小白鼠"的身份很感兴趣。

文彦博指了一下坐在教室中间的女生，说道："你……"

女生兴高采烈地站了起来。

"可以把手放下了。"

"啊？"女生顿时一脸失望。

随后，文彦博又说："这位女同学旁边的男生，你愿意试试吗？"

该男生一脸茫然，晃晃悠悠地站了起来，低声说道："可是我并没有举手啊。"

文彦博笑道:"没举手最好,正好可以为大家展示一下,一个不想被催眠的人……是如何被催眠的。"

男生感受着周围投来的目光,很不情愿地走上了讲台,他站在文彦博的身边,小腿明显有些颤抖。

"不用那么紧张。"文彦博拿了一把椅子放在男生身后,"先不要坐下。"

男生已经做出了坐下的动作,结果听到文彦博的话后又站了起来,一脸的尴尬。

教室里哄堂大笑。

文彦博说道:"说起催眠,有一个人不得不提,那就是艾瑞克森。关于这位催眠大师的光辉事迹,有人知道吗?"

学生们纷纷摇头,明显没人研究过这个。

"艾瑞克森曾经对着镜子催眠自己,强行治好了自己的高低肩。"

台下一片哗然。

"当然这只是传闻,它的真实性我也不是很清楚。不过艾瑞克森晚年的确患有严重的颈椎病和肩周炎,据说和他催眠自己改变高低肩有着密不可分的关系。"文彦博顿了顿,继续说道,"和你们说这些,是提醒在座的所有人一声,催眠有风险,操作需谨慎。"

旁边的男生变得更加紧张,用力地做了一下吞咽动作。

"提起艾瑞克森,还有另外一个心理技术和他有着密切关系,那就是瞬间催眠。"

这下学生们纷纷有了反应,开始交头接耳。

有学生问道:"老师,瞬间催眠真的可以把人毫无防备地直接催眠吗?"

文彦博点头:"可以,不过实际的瞬间催眠并不像电视里表现的那么夸张。"

"那这门技术用来犯罪岂不是特别方便？"

"施展它的条件可没有你们想象的那么简单，其实在我看来，瞬间催眠和普通催眠没有太大区别，它只不过是在你们没有意识到的情况下，就在你们的面前开始晃动怀表。换句话说，瞬间催眠也需要准备，而且条件更加苛刻。"

"您的意思是说，因为我们没有意识到催眠师正在对我们进行暗示，所以受到催眠的时候才会好像是'一瞬间'的事情？"

文彦博转头看向身边的"小白鼠"，微笑着说道："可以这么理解。"

说完他做了一个噤声的手势，教室里顿时安静了不少，有人能够隐约听到水珠滴落然后坠入江河的"叮咚"声，不知道是从哪里传来的。

男生紧张到呼吸都在颤抖，他不敢看文彦博，双眼盯着教室后面的大门，似乎随时打算落荒而逃。

文彦博走到男生身后，和他之间隔了一把椅子，然后说道："你在想艾瑞克森是怎么治好高低肩的，是吗？"

男生没有回答，额头上浮现出一层汗珠。如果仔细看一下他的体态，会发现他也有轻微的高低肩。

"不用羡慕，也不用胡思乱想，我会帮助你的。"

所有人都屏住呼吸看着讲台，他们开始担心文彦博到底能否催眠一个不愿意被他催眠的人……而且这个人现在极度紧张，防备心也极强。

"嘘——"文彦博把食指竖在嘴唇前，示意那些窃窃私语的学生安静。

教室里变得更加安静，水滴声也越来越明显。

作为"小白鼠"的男生其实并没有听到文彦博说了什么，他的注意力全部放在了教室后方，心想什么时候才能下课、离开这个让自己感到窘迫的地方。

随着教室变得安静,他还听到了清晰的水滴声。至于文彦博没完没了的碎碎念,则完全成为水滴声的背景音,只要他不用力去听,便不会听到。

"叮咚……叮咚……叮咚……"

他把注意力全部集中在耳朵上去倾听,仿佛沉醉在其中无法自拔。

与此同时,文彦博伸出一只手轻轻捂住了男生的双眼,另一只手扶住了他的肩膀。

"坐!"

男生眼前一黑的瞬间,他失去了全部意识,以及支配身体的意志。一直聆听着水滴声的耳朵接收到了"坐"的指令,身体便无意识地去执行。

他"扑通"坐下,幸好身后早就准备好了椅子,否则一定会摔得很惨。

文彦博缓缓收回双手,而男生就像是一个木偶,身体逐渐瘫软,最后颈部也失去了力气,头部只能无力地垂下。

教室里依然寂静无声,文彦博露出一个如释重负的笑容,轻声说道:"现在,有人发现我的'怀表'了吗?"

学生们被眼前的一幕深深震撼,居然没有人交头接耳,片刻后才终于有人压低声音回答说:"是……水滴声?"

文彦博转身操作了一下电脑,顿时教室里若隐若现的水滴声消失不见。

"从你们走进教室的那一刻,这个声音就已经存在了。"

顿时,学生间的窃窃私语再次充斥了整间教室。

文彦博将注意力回到被催眠的男生身上,压低声音在他耳边说道:"现在,你感觉面前吹来了一股风,先让你感到清凉,随后又让你感到寒冷。"

他的声音仿佛带着魔力,男生的身体居然开始发出轻微的颤抖,皮肤表面浮现出一层鸡皮疙瘩,汗毛也微微竖起,就好像他真的站在寒风之中。

"这阵风越来越大,你感觉自己快要被冻僵了。"

男生原先瘫软在椅子上的身体重新有了力量，他缓缓坐起，身体僵直，尤其是他的脖子显得异常僵硬。这样一来，男生的高低肩也显得格外清楚，右肩要略微低于左肩膀。

"这时，你忽然感到一阵暖意，来自你的右肩膀。不，不对，不是你的右肩膀，而是在你右肩膀的上方……它融化了右肩膀的寒意……"

男生的呼吸有些短促，跟随着文彦博的话语，他的右肩膀逐渐变得放松下来。

"温暖的感觉来自一团火焰，但是你无法触碰到它，因为它不能用手触碰，只能用你的右肩膀才能够得到……你听好，火焰就在右肩膀微微往上的地方，可能只有一厘米，只要你愿意尝试，你就可以轻而易举地触碰到它……而当你碰到那团火焰，你身体的每一个部位都会感到温暖，重新变得灵活。"

男生的右肩膀逐渐往上移动，似乎真的在寻找那团火焰。

等到右肩膀和左肩膀到达同一水平的时候，文彦博说道："好了，你终于碰到了火焰。"

这句话刚说完，男生的身体一下子变得松弛下来，他靠着椅背，身体的姿势终于看上去舒服了许多。

"保持这个状态，深呼吸，尽量放松，你会感到火焰融入你的右肩膀。"

"保持这个状态，深呼吸，尽量放松，你会感到火焰融入你的右肩膀。"

"保持这个状态，深呼吸，尽量放松，你会感到火焰融入你的右肩膀。"

文彦博重复了三遍，然后看向台下的学生，说道："有人知道我刚才在做什么吗？"

"您在治疗他的高低肩。"

"没错，这是催眠疗法的一个优势，可以潜移默化地治疗很多病症或是不良的行为习惯。"

有学生举手问道："真的会一下子生效吗？那也太神奇了吧。还有您之前说过艾瑞克森催眠了自己，结果最后导致身体出了问题，这位同学该不会也……"

"关于第一个问题：不会一下子生效，催眠疗法需要一个漫长的过程，短则一个月，长则半年。在这期间，他需要一直反复催眠自己，强化我给他留下的暗示，也就是那团火焰。当他意识到，自己只有触碰到那团火焰才能让身体进入最佳的状态，他的右肩膀就会下意识地抬高。而当这种意识最后转变为习惯，进入了无意识，他也就完全治好了自己的毛病。

"关于第二个问题：首先我也不知道艾瑞克森到底是怎么做的，但是催眠环节需要极其谨慎，因为一个不起眼的细节就会起到非常大的暗示作用。举个例子，假如艾瑞克森在治疗自己的高低肩时，给予自己的暗示是——改变骨骼结构，让肩膀处于同一水平线上。这个暗示就会导致他的姿势更加僵硬，长此以往虽然治好了高低肩，却会引发其他病症。"

"好了，还有其他问题吗？"

台下再没有学生提出问题，于是文彦博说道："那么我就要进行催眠的最后一步了——唤醒这位同学。"

他伸出一只手放在男生的耳朵旁，说道："当我数三下后，睁开眼睛。"

"三、二、一。"

"啪！"文彦博打了一个响指，与此同时男生睁开了双眼。

他先是茫然地看了一眼台下的同学们，然后又看了一眼文彦博，终于反应过来自己现在的处境。

文彦博笑道："是不是在想，我是谁，我在哪儿，我在干啥？"

男生仍然有些迷糊，轻轻地点了点头。

"还记得刚才耳朵听到的指示吗?关于火焰的。"

"记得。"

"明天开始,每天晚上暗示自己一遍。好了,回到座位上去吧,感谢你的配合。"

男生先是向文彦博道谢,然后开始走向自己的座位,可以看出他的身体已经轻松了许多,高低肩的症状也有所减轻,整个人的气质一下子提高不少。

文彦博拍了拍手:"让我们感谢一下这位同学,毕竟在众人面前被催眠需要很大的勇气。"

顿时掌声雷动,许久之后终于平息。

然而这时却有一道极不和谐的声音响起:"在我看来,你的催眠就像是魔术,也就是说……需要托。"

【7】

声音来自第一排的角落,那个总是眯着眼睛的男人。

陈。

文彦博看向陈:"为什么这么说?"

陈盯着文彦博的双眼:"上次的公开课有个男生问你,被催眠之后会不会把银行卡密码都说出来,他就是今天被你催眠的这个人。"

"是的,这能说明什么呢?"

"这说明你早就盯上了他,因为他对催眠一无所知,甚至还带有畏惧。

而对你来说，畏惧暴露隐私的人反而更好催眠，于是他成了你的目标。"

"纠正一下，并不是畏惧催眠的人容易被催眠。这位男生其实并不恐惧，更多的是好奇，他在害怕催眠后吐露隐私的同时，也想亲自体验一下催眠，验证这一点。这才是我找他作'小白鼠'的主要原因。"

学生们开始七嘴八舌，没想到文彦博从上一节课开始就在挑选可以被催眠的对象了。

文彦博补充道："除此之外，今天上课的时候我就开始播放水滴声，发现在场的学生只有八个人有反应，而这个男生是反应最大的，他不止一次地看天花板，还有教室两边墙上的水管，这说明他的感受性极强，这也是易于催眠的特质之一。

"催眠本身就是一门难度极高的技术，瞬间催眠更加严苛，施展之前必须要做许多功课。我选择他还有最重要的一点——他的高低肩，被这个毛病困扰着的他，会对艾瑞克森的事迹以及瞬间催眠格外留意，这也是被我瞬间催眠的关键。"

陈不由心想：所以你做了这么多，都是为了催眠许杏儿做铺垫吗？可是，成功的概率到底有多少？如果失败的话，这岂不就是一场闹剧而已？

想到这里，他又问道："不说催眠到底是否适用于所有人，我只想问你，有没有人不能被催眠？"

文彦博反问："你的意思是，有没有这样一个人，永远都不可能被催眠，是吗？"

"是的。"

文彦博收回目光，转而看向台下的学生们，这让陈突然有种如释重负的感觉。他自己尚且没有意识到，文彦博的注视给他带来了不小的心理压力。

"关于这个问题，有一天你会知道答案的。"

第三章　梦中世界

无数个她尖叫着,许杏儿感到车厢停止了圆周运动,停在了最高处。可紧接着又有剧烈的震动传来,她往下面看去,看到一只黑色的怪兽正顺着铁架向上攀爬,即将抓到自己……

【1】

与此同时，许宅。

一夜加上一个白天过去，往事就像是囚笼，将许杏儿牢牢困在其中，逃脱不得。

书房——许杏儿已经很久没有离开过这间屋子了，更准确地说，她几乎没怎么离开过沙发。与此同时，电视机始终播放着许震和蒋重轻的初次相遇，一遍又一遍，从未停止。

这盘承载着过去的录像带，为许杏儿呈现了一位无比陌生的父亲，这在她的心中滋生出一种微妙的情绪……类似惶恐。她已经习惯了那个大男子主义到了极致的父亲，一时间无法接受他的软弱，更何况这种软弱居然对一个外人展现得淋漓尽致。

不过此时此刻许杏儿的注意力并没有放在电视机上。看了整整一夜，她几乎已经背下了那两个人的对话，在这期间谭姨为她准备了水果、咖啡、食物还有毛毯——许震生前也经常在书房待上一整天，谭姨早已习惯。而现在许杏儿将电脑放在腿上，正饶有兴致地看着另一段视频，视频里出现了文彦博，还有陈，以及他们在教室内"交易"的全部情景。

过了许久，许杏儿关掉视频，打了个哈欠，然后慵懒地伸着懒腰，身躯展现出一种曼妙的弧度，如同熟透的果子散发着甜美气息。

自从父亲去世之后，她就被失眠的问题困扰着，而且有着愈演愈烈的迹象。整整一夜没睡，她的脸上写满了疲惫。

忽然，书房的门被人推开。

许杏儿不用回头去看也知道那人是谁，谭姨进屋是一定会敲门的，而其他人如果想来这里也需要谭姨先来询问一下……父亲去世之后，能够肆无忌惮出入书房的，除了自己，就只剩下弟弟许为仁。

"姐，你还好吗？"

年轻男人的身上带着阳光的气息，他的个子很高，脸型不像许震那样硬朗，但笑起来显得亲切许多。

"嗯。"许杏儿把电脑放到一旁，然后用遥控器关掉了电视机。

许为仁看到了屏幕播放的内容，并没有追问什么。自从姐姐十年前被送到国外之后，负气的她选择和家人断绝来往，之后两人的关系就变得十分淡薄。与其说是姐弟，倒不如说是陌路。

他坐到许杏儿对面的沙发上，那里曾经是文彦博的座位，也曾是蒋重轻的位子。他说："听说你昨天遇到了袭击，我估计你肯定受到了不少惊吓，所以今天才没去财团。"

许杏儿蜷缩在沙发上，扯了条毛毯盖住自己的身子，懒懒地回答道："一宿没睡。"

许为仁看着陌生又熟悉的姐姐，继续说道："我帮你私下调查了一下，你不会怪我多事吧？"

"不会。"

"袭击你的那个人现在仍处于昏迷状态，医生说有很大可能变成植物人，不过我估计就算他醒了也问不出什么。还有，我听秘书说是因为文彦博临时更改咨询时间，所以你才会出去赴约。"

"她知道的事情还真不少。"

"姐，你就理解一下吧，毕竟你刚回国就主持财团，有很多人都有点……嗯，反正过些日子就好了，他们一定会认可你的能力的。"

许杏儿闭上眼睛，"嗯。"

许为仁叹了口气，说道："知道你行程的人，除了秘书就只有文彦博。我让人私下调查了秘书，发现她没有什么问题。这么说来，嫌疑最大的就是文彦博。"

许杏儿："所以呢？"

"姐，你该不会还是念着旧情吧？已经十年过去了，这个男人早就结婚生子了，说不定现在看你继承了财团，所以才有了非分之想。"

"你和他也算是认识十多年了，在你看来文彦博是这样的人吗？"

"我不是说文彦博一开始就是个阴谋家，但人是会变的，十年的时间绝对足够让一个人变得面目全非。"

"你觉得我变了吗？"

许为仁愣了一下，回答说："呃……变化蛮大的。"

"你呢？"

"好像没多大变化，脑子还是不太够用。"

许杏儿忽然说道："其实父亲的变化也很大，十年前他不顾一切把我送到国外，然后培养你作为财团的继承人。十年后却又突然把我唤了回来，要我来继承一切。"

听到这些，许为仁的眼中满是复杂的情绪，但嘴上却说："可能因为父亲对我太失望了吧，发现我压根就是烂泥扶不上墙。"

许杏儿安慰道："他就是这样喜欢自作主张，为所有人安排命运，或许烂泥从来就不想上墙头呢。"

许为仁"嘿嘿"笑了两声，"对了姐，昨天的晚宴你没出席，可是有好多人大感遗憾啊！"

"嗯？"

"大家都这么说：比你有钱的女人肯定比你老，没你有钱的女人往往也没你好看。所以你现在可是成了香饽饽喽。"

"无聊。"

"姐，你打算啥时候给我找个姐夫？多个人帮你打理财团也好啊。"

许杏儿保持沉默。

许为仁说："有些人已经开始向我毛遂自荐了，尤其是姓王的那位，都开始管我叫小舅子了。"

许杏儿还是没有说话。

"财团里很多人都不理解，你为什么要让文彦博当你的心理顾问……如果姐你真的还是喜欢他，至少再考虑一下吧，或许他并不是你想象中的那样。"

许为仁说完这句话，发现姐姐不仅没有理会，而且发出了均匀轻缓的呼吸声。他无奈地摇了摇头，然后起身离开了书房。

"原来在你眼里，我一直是团不愿意上墙头的烂泥吗？"许为仁自嘲般地笑了笑，眼中忽然闪过一丝贪婪。

许杏儿对于任何男人来讲都是一剂毒药，许为仁也不例外。可惜的是因为伦理道德的存在，从血缘来说他是距离许杏儿最近的男人，但从情爱上说也是最远的那个人。

他怔怔地站在原地许久，回过神的时候发现谭姨正带着另一个男人向书房这边走来。

是他打心底里最厌烦的那个人——文彦博。

在很久以前，许震就十分欣赏文彦博，并且时常用他来"鞭策"许为仁。后来，自己的姐姐更是喜欢上了这个男人，为他做了许多牺牲。

在他看来，许杏儿被送往国外以及与家人断绝联系，都与这个男人有着密不可分的关系。

所以许为仁从来都不喜欢文彦博，他甚至想让这个人永远从地球上消失。

可惜，这个姓文的男人偏偏总是游离在许氏左右，就像一只挥赶不去的苍蝇。

许为仁面对文彦博的时候，表情和刚刚在书房里截然不同，带着浓浓的侵略性，脸上的笑意也是冰冷的。

"你来这里干什么？"

文彦博的脸上则没有什么表情，仿佛对此早就习以为常："工作。"

"你可能不知道……在我看来你就像只老鼠一样令人恶心，其实我很不愿意和你说话。"

"那你可以不说。"

"但我现在必须压抑着那种呕吐的感觉，问你一个问题。"

"问吧。"

"袭击我姐的人，和你有没有关系？"

文彦博的面色波澜不惊："没有，不过很明显，我说了你也不会信。"

许为仁冷笑道："如果你能大大方方地承认，至少我还能高看你一眼。"

文彦博："这么多年过去了，你对我的偏见一点都没改变过。"

许为仁："怎么，又想用你那些心理学的知识来说教吗？我洗耳恭听。"

"这叫光环效应。"

说完之后，文彦博与许为仁擦肩而过，来到了书房门前，他转头问道："谭姨，我现在方便进去吗？"

许为仁讥讽道："恐怕不太方便，她在睡觉。"

而谭姨却说："可以，她嘱咐过，如果你来了的话直接进去就好。"

"好的。"文彦博轻轻推门进了书房，仿佛没有听到方才许为仁说了什么。

无视，赤裸裸的无视。

许为仁转而看向谭姨，似乎想要说些什么，但谭姨并没有给他机会，而是径自离开了这里。

每一个人，每一个人都是这样。

许为仁攥紧了拳头，片刻后又松开。他想到许杏儿对文彦博模糊暧昧的感情，还有谭姨一辈子留在许宅的原因。

"这就是许家的女人们啊，呵呵。"他自言自语着，然后离开。

【2】

经常有人说，昨晚没有做梦，所以休息得很好。

这句话看起来很有道理，实际上却是错误的。

第一，长时间的睡眠必定伴随着梦境，甚至可能是多个梦境。只是有的人记住了自己梦见了什么，然而有些人却忘了，所以才会说自己没有做梦。

　　第二，关于人为什么会做梦，或者说梦对人类有什么用处，到目前为止也没有盖棺定论。但有一点可以确定的是，做梦和睡眠质量有着直接关系。

　　文彦博看着熟睡中的许杏儿，心中却惦记着南南现在怎么样了，是否也能睡得香甜？他越想就越觉得着急，却偏偏不能表现出半分，这种痛楚，深入骨髓却无以言表。

　　傍晚的太阳落得很快，屋里随即暗了下来，他没有开灯，一动不动地坐在沙发上，如同一尊雕塑。从窗外洒入房间的光线由暖黄变作皎白，映在男人的脸上，令他显得疲惫、无助，还有悲伤。

　　许杏儿是在父亲去世之后开始失眠的，文彦博则是在南南被陈抓走之后，从未合眼。

　　只要他闭上眼睛，就会做一个恐怖的梦。

　　这个梦境是熟悉的，后来随着时间淡去了，但在南南出事之后又卷土重来。

　　他靠着柔软的沙发，耳边是许杏儿均匀缓慢的呼吸声。不知道为什么，她的呼吸仿佛带着一种魔力，能够让其他人也感到一阵倦意。文彦博努力打起精神，可不久后还是不由自主地闭上了眼睛。

　　在一个人满为患的商场，文彦博一只手拎着大包小包的购物袋，另一只手则拉紧南南的手，以免被人流冲散。女孩的一只手牵着父亲，另一只手攥着一根线，线的另一端是一枚红气球。她抬起头看着气球，仿佛周围拥挤的人潮与她没有丁点关系。

　　文彦博就这样拉着女儿，随着人流前行，他不知道自己要去往哪里，最终会停在何处。人实在太多，让他觉得很热，额头上的汗水流下，险些滑入眼睛里，文彦博撒开了抓着女儿的手，赶忙擦了擦眼睛，随后又把手伸了回去。

但却抓了个空。

南南消失了!

文彦博赶忙转身,只看到那枚红色的气球正逆着人流而去。他扔掉了手里的杂物,慌忙地朝着那个方向追去。

人在梦里是发不出声音的。无论文彦博如何用力地叫喊,都没有声音发出。拥挤的人潮此时此刻仿佛一只张开巨嘴的怪兽,而南南正走进怪兽的口中,向着那个再也没法回头的方向。

文彦博变得暴躁,他用力地推开身边的人,"杀"出了一条血路。可是他跑得越快,红气球前进的速度也就越快。

仿佛命中注定,他永远都追不上她。

"南南!南南!"文彦博发出无声的狂啸,终于冲出了人群,眼前顿时豁然开朗,身边也变得空荡荡的。

紧接着,他看见前方不远处,南南那道孤零零的身影。

"南南,我在这儿!"

女孩回过头,开心地笑了起来。她的笑声像风铃一般清脆,在梦境中不停地回荡着。

文彦博擦拭了一下额头的汗水,这汗水早已分不清是热汗还是冷汗,然后他笑嘻嘻地冲着女儿走去。

就在这时,骤变突生。

一辆车子开得飞快,在文彦博和南南都没有回过神来的时候,撞上了女孩脆弱的身体。

红气球脱离了束缚,飘飘摇摇飞向天空。

文彦博怔怔地站在原地,呆若木鸡。女儿的身体在空中划出一道弧线,然后如破烂的布娃娃般落在地上。

他不敢看向那里，双脚更是灌了铅一般，无法迈出半步。

人在梦里是流不出眼泪的。因为狂叫的时候就会醒，流泪的时候也会醒。

文彦博茫然地抬起头，发现半空中的红气球发出"啪"的一声，爆炸了。

就像是南南的生命。

巨大的悲伤笼罩着这位父亲，让他透不过气。

若是以往，文彦博已经满身大汗地醒来。然而这一次却没有，因为梦境之中忽然出现了一些之前没有的东西。

那是一股香气，对文彦博来说，是熟悉无比的味道。

温馨的香气将他轻柔包裹，抚慰着他的惊恐与悲伤。

文彦博终于抵不过长久的疲惫，沉沉睡了过去。

而香气的来源，却恰好相反。

许杏儿轻手轻脚地为文彦博盖上毛毯。看样子这男人是真的累了，居然只是坐在沙发上，脖子一歪就睡着了。

那块毛毯是她刚刚用过的，所以带着她的味道，陪伴文彦博度过了噩梦。

其实刚刚许杏儿并没有睡着，她只是对弟弟觉得倦了。而文彦博进来之后她仍在装睡，是想看看这个男人是否会做些什么。

女人就是这样，随时随地打算给男人一场测试。

可她没想到文彦博用睡觉作为答卷交了上来。

屋里很暗，幸好有几缕月光照在男人身上，让她能够勉强看清他的面容。

许杏儿蜷缩在沙发里,眼睛始终盯着文彦博,不知道为什么鼻尖忽然有些发酸。从她身体的最深处有一道回忆被悄然勾起,令她无所适从。

似乎在许多年前,她无比渴望着睡在那个人的身旁。她为此付出了许多努力,但全都没有成功。

然而这一刻,曾经疯狂爱慕着的、渴望着的,就这样静悄悄地发生了。

女人的意识突然一阵恍惚,就像是老式的电视机忽然失去了信号,画面变得乱七八糟,还发出刺刺啦啦的声音。在经过调整之后,信号终于恢复,然而播放的电视节目却变成了十多年前的回忆。

那时的许杏儿还是个少女,习惯扎着马尾辫,穿着校服,看起来和普通人家的孩子没有什么区别。

但在她自己看来,是有区别的。普通人家的父亲会带着女儿做许多事情,比如出去游玩,比如聊天,比如打闹。

可是她的父亲不会这样。

许杏儿知道,父亲或多或少是有些恨自己的,其实就连她自己,也是一样地恨自己。

她的母亲虞小青,在生下她之后身子变得很弱,从那时候起父亲便不喜欢她。

谁让她是个女孩呢?

后来母亲又生了个弟弟,但也因此去世,从那之后父亲更加不喜欢她。

谁让她是个女孩呢?

尚未成年的许杏儿时常会想,母亲的死真的和自己有关吗?直到她懂得了什么叫作重男轻女,终于恍然大悟,母亲的死真的和自己有关。

如果不是因为生她的时候难产,母亲的身体就不会那么糟糕。如果不是因为她是个女孩,母亲就不会再要一个孩子,以至于生下弟弟之后便撒手离去。

许杏儿是个女孩，所以全世界的错误都要她来背负。

因为这本身就是个错误。

可是许杏儿并没有被这样击倒，她遗传了母亲的乐观和坚强。无论生活的环境有多糟糕，她都会笑着面对。

有一天她恍然大悟，如果自己能够像母亲一样照顾好父亲，父亲一定会发现女儿的好。

之后她这辈子都忘不掉，自己为父亲端去一盘切好的水果时……

他狂怒着掀翻盘子，怒火仿佛能够点燃整个房间。

许杏儿落荒而逃，迎面撞到了一个男人的怀里。

她认识他，知道他是蒋重轻的学生，总是跟着老师一起来为父亲做心理咨询。可她不知道他叫什么，也没有和他说过话。

男人有些惊讶地看着许杏儿，这时蒋重轻说，你今天不要进去了，看来我那位老朋友心情不太好。

说完蒋重轻就独自去了书房。

许杏儿扬起脸看着男人，发现他也刚好看着自己，嘴角微微翘起，于是心想他应该是在嘲笑自己。

他突然说，别多想，我没有嘲笑你，只是不小心撞到了别人怀里而已，这没什么值得嘲笑的。

许杏儿瞪大眼睛，随即立刻压抑住自己惊讶的表情，心想这人怎么知道自己想什么的，自己绝对不能露出破绽让他看出更多。

他又说，人的表情能传递很多信息，比如眼神。

许杏儿惊讶得说不出话来。

然后他向她伸出了一只手，笑着说，还没作自我介绍呢，我叫文彦博。

男人的笑容在阳光下显得无比亲切，就像是一条来自山间的小溪，流进了少女的心扉，滋润了父亲曾留下的伤。

许杏儿怔怔地站在原地，忽然情不自禁地想哭，但还是皱着鼻子强忍住了。

她觉得自己很委屈，为什么只是为父亲送了点水果，就要被这样粗暴地对待？她到底做错了什么？才会导致现在无论做什么都是错的。

十六岁的少女越想越委屈，觉得自己还不如是个没人要的野孩子算了。既然自己被生下来会带来这么多的灾祸，干吗当初要生下她呢？

是男是女，这是她能控制的吗？

文彦博轻声安慰说，别难过了，孩子和父母之间总有不理解对方的时候，其实事情远远没有各自想的那么糟糕。

许杏儿抬头瞪了他一眼，嘟囔着说，你懂什么。

那就是他们的第一次正式相遇。

许杏儿扁着嘴，泪水在眼眶里打着转，极不情愿地和文彦博握了一下手，然后迅速收了回来，一脸嫌弃。

许杏儿想起这些，忽地发出一声轻笑。

记忆里文彦博的身影，和面前熟睡在沙发上的男人重叠到了一处。

她懒洋洋地打了个哈欠，压抑许久的倦意一股脑地涌了上来。或许是因为在身边不远处，有着一个他吧。

虽然不能信任他，但不得不承认，他是个能够给予自己安全感的男人。

许杏儿调整了一个舒服的姿势，看着那边的文彦博，看着看着，缓缓闭上了眼睛。

【3】

她重新睁开眼睛的时候,房间的灯还是没开,窗外的夜色变得更深,深得像是一团化不开的墨。

文彦博不知什么时候醒了过来,坐在那头望着这头。之前披在他身上的毛毯也重新回到了女人身上,这让许杏儿有片刻的失神,心想之前发生的事情是否都是梦境。

她梦见自己看到文彦博在做梦,还梦见自己回忆起了过去。

然而毛毯上不仅有自己的体香,还混杂着那个男人的味道,这告诉她那一切并不是做梦。

文彦博关心道:"睡得好吗?"

许杏儿点了点头。

"我刚才不小心睡着了,真是抱歉。"

"你做了噩梦。"许杏儿轻轻摇了一下头表示并不介意,然后说道,"而且你很害怕。"

文彦博愣了一下,这样的表情让许杏儿感到心寒,她知道,这个男人又打算对自己隐瞒。他从不愿意袒露任何有关自己的秘密,这是否说明,其实他也未曾信任过任何人?

出乎意料的是,文彦博竟然坦白:"我梦见南南出了车祸。"

"车祸?南南不是过两天还要参加春游吗?"

"当然没有真的发生车祸啦,只是噩梦而已。"文彦博洒脱地笑着,"你知道的,有时候噩梦特别逼真,会让你觉得那就是真的。"

许杏儿:"嗯,这点倒是没错。"

文彦博话锋一转："话说回来，你也做噩梦了呢。"

"是吗？我没有印象了。"

"你还说了梦话，貌似是游乐场什么的。"

许杏儿的脸上仿佛笼上了一层寒霜，"我说，我没有印象了。"

"那好，我们不聊这个。"

文彦博打开了书房的灯，突然出现的亮光让许杏儿觉得刺眼，于是她眯起了眼睛，片刻后才终于适应。

外面的灯光亮了，但心里的灯却灭了。她在心里想到，觉得有些悲哀。

文彦博随后又开启了放在角落的摄像机，回到沙发上的时候，脸上带着一贯的职业微笑。

他说："我曾经接触过一个病人，他患有广场恐惧症，而且非常严重……严重到已经不敢出门，只能待在家里。我曾经尝试着引导他走出家门，比如只是把一只脚迈出去一步就够了，可惜他连这样的要求也无法完成。那天他迈出去了半步，随后就像触电了一样把脚收回来，然后趴在地上吐了好久。"

许杏儿对这个病人感到很好奇："他为什么会这样？"

"最初的时候，我认为他的症状就是典型的恐惧症而已。只要通过系统脱敏，让他能够一点一点离开屋子，一定可以痊愈。可是那次他剧烈的反应提醒我，恐怕事情没有那么简单。我只能换个角度，重新寻找线索，看看能否找到他的致病原因。后来，我终于有了一些发现。"

"你发现了什么？"

"我发现他有时会看向窗外，然后表情变得极为惊恐，特别慌张地把窗帘拉上。"

许杏儿说道："有人监视他？"

文彦博摇头："没有，或者说，在我看来是没有的。但是在他看来，是有的。从那时候我才知道，一直以来我自己的推测都是错误的。他恐惧的并不是家门之外的场所，所以让他离开家门根本起不到治疗的作用。"

"其实他害怕的，是那个监视着他的人？"

"是的，原来他是重度妄想症患者，只要离开家门，无论自己走到哪里，都会看到有个小丑跟着他。有时候藏在树后，有时候甚至会藏在垃圾桶里面，小丑无处不在，无时无刻不在偷窥着他。"

"仔细想想有点吓人，那你治好他了吗？"

文彦博露出一副欲言又止的表情："嗯……这个是病人隐私，我不能说。"

许杏儿表情不善："那你和我说这个有什么用？"

"我只是想告诉你，他看起来只是一个广场恐惧症患者，但实际上却是一个妄想症患者。对于你来讲，失眠或许也是如此？你的失眠和他无法离开家门都只是心理问题的表现，而真正导致它们的原因，才是治疗的关键。"

"我不太懂你的意思。"

"简单来说，就是你的心里，是否也有一个小丑？它让你夜不能寐……你失眠的真正原因，是因为你一旦睡着，就会被迫面对它，所以你用失眠来逃避它。"

许杏儿看向文彦博的眼神中带着些许愤怒，还有难以置信。但不得不承认的是，文彦博的推论是正确的。那个病人因为小丑而不敢走出家门，许杏儿则是因为噩梦而不敢熟睡。

一直以来，文彦博都认为许杏儿的失眠是源于悲伤，而且父亲去世之后她就继承了财团，突然出现的庞大压力也会影响她的休息。然而今晚发生的事情让文彦博有了新的猜测，他自己就是因为恐惧噩梦而不敢闭眼，这提醒他或许许杏儿也是一样。

虽然许杏儿没有正面回答文彦博的问题,但她的表情还是出卖了她内心的真实想法,就像是十多年前那样。她在这个男人面前是"赤裸的",这里指的是思想。

她凝视着对方的眼睛许久,终于开口说道:"我知道自己的确做了噩梦,但就像我之前和你说的一样,我对梦境已经没有印象了。"

文彦博补充道:"虽然忘记了噩梦的内容,但你很清楚,困扰你的其实是同一个噩梦,对吗?"

"嗯。"许杏儿在这个话题上有些抵触,连她自己也不知道原因。

"之前我和你说过的,放松疗法只能治标不能治本,如果你想从根源解决失眠的问题,还是要用一些其他方法。"

"比如催眠?"她的眼睛忽然亮了起来。

文彦博的表情很认真:"是的,借助催眠可以帮助你回忆起噩梦的内容,然后通过分析梦境解决问题。"

许杏儿的笑容耐人寻味,她没有赞成文彦博的方案,但也没有拒绝。

文彦博问道:"说实话,我一直感觉有点好奇,昨天你为什么会突然提出催眠的请求,我不记得和你谈过催眠的事。"

"你就当我是心血来潮吧。"许杏儿说道,"我同意你的方案,就像昨天说的那样,按照约定,你今天需要催眠我。如果能够顺便帮我解决一下失眠的问题,那就再好不过了。"

文彦博忽然感到有些疑惑,明明前一刻他还能够完全掌握许杏儿的心理,然而到了这一刻,他就开始摸不清她的心思了。

十年了,和她相识的时间很久,似乎还是第一次发生这种情况。

按照他和陈的计划,催眠许杏儿找到箱子的下落以及密码,然后救出女儿……可是现在真的到了催眠许杏儿的时候，文彦博却总是感到不妥。他也不知道是哪里出了问题，但是直觉告诉他，急功近利只会一无所获。

"我要做些什么来配合你吗？"许杏儿的声音将文彦博的心思拉回了书房。

他回答说："不需要，和以往的放松治疗一样，只不过这一次会更加深入。你只需要保持放松，然后跟着我的指引就可以了。"

由于之前已经做过几次放松治疗，许杏儿算是轻车熟路，自觉地找了个舒适的姿势躺下。她闭上眼睛，将注意力集中在文彦博的声音上。

"现在开始深呼吸，呼吸要绵长而且平稳……想象你的肺部被空气填满膨胀，随后气体又被呼出……你开始感觉脚趾有些发麻，这种感觉很舒服，仿佛每一个细胞都得到了放松……酥麻的感觉逐渐向上蔓延……"

文彦博用低沉的嗓音说着，同时盯着许杏儿的反应，直到她已经完全放松下来，呼吸变得均匀。

往常的治疗会到此为止，因为文彦博知道，在许杏儿提防着自己的情况下，如果他擅自对她进行暗示，想要使其进入催眠状态，成功率简直是微乎其微。而且那时候南南还没有被人挟持，他也就没必要冒这样的风险。

但是这一次有所不同，既然是她主动提出了催眠，那么阻抗就会小很多。

"闭着眼睛……你看到了一条隧道……穿过这里你就可以去往自己的梦境……你缓缓地向前走着，距离梦境越来越近……"

许杏儿的双手微微攥起，但并没有用力，手指呈现出卷曲的状态。这说明距离梦境越近，她开始变得紧张。

"保持放松……你现在很安全……你可以平静地面对梦境……"文彦博安抚着她的情绪。

"当我数到三,你就会走出隧道,进入到梦境当中。"

"一。"许杏儿的身体发出轻微的颤抖。

"二。"她的眼皮也开始震颤,仿佛可能随时睁开眼睛。

"三!"

随着最后一个数字脱口而出,许杏儿的胸腹忽然猛地挺起,然后又落回沙发上。但她并没有醒来,而是突破了某种束缚,在催眠的情况下见到了那个一旦醒来就会忘记的噩梦。

文彦博擦了一下额头上的冷汗,只有他自己知道,他在刚才有多么紧张。虽然进行的只是再寻常不过的暗示催眠,但是事关南南的安危,容不得丁点的错误。

而现在,许杏儿终于被催眠了,可这并不意味着结束。

恰恰相反,一切才刚刚开始。

【4】

黑,无边无际的黑,蔓延到梦境尽头,找不到终点。

咚咚、咚咚、咚咚……心跳声显得如此清晰。

"一。"一个声音从遥远的地方传来,令她的灵魂不禁为之战栗。

"二。"她想要睁开眼睛。

"三。"她用力在心底发出一声嘶吼。

然后……

许杏儿在梦中睁开了双眼。

"眼前"的画面逐渐由黑色转为灰暗，由黑暗转为清晰，由黑暗转为……一个游乐场。

不知为何，她眼前的景象仿佛默剧，没有声音，也没有颜色。

能够听到的，只有心跳声。

孤单会被喧嚣无限放大。

一个人在孤独的时候才是高大的，放在人群中只会显得渺小。

所以寂静能够令她在人群中倍感心安。

许杏儿茫然地看着四周，钢铁组成的娱乐设施就像是一头猛兽，无数的人在它的口中发出狂笑和呐喊。

还好她听不到，那一定令人觉得难受。

她看不清周围人的面孔，他们与她擦肩而过，但她却寸步未动。因为她不知道应该去向哪里，漫无目的地站在原地令她觉得惶恐。

就在这时，她忽然感到身后有个极为恐怖的事物正向着自己跑来。

于是许杏儿有了目的，她开始逃亡！

她没有回头，自然也就没有看到身后追赶着自己的到底是什么。无论如何，她就是不敢回头，因为她觉得那会是一个她永远不想面对的怪物。

人在梦中显得格外轻盈，她的步子迈得很大，而且并不感到疲惫，从远处看就像是一只蹦蹦跳跳的小兔子。

跑着跑着她到了一架机器旁边，刚好看到一扇门正打开着，面向着自己。

她赶忙冲了进去，关上门。随后一阵轻微的失重感传来，她发现自己正跟随着机器开始上升。

直到这时许杏儿终于发现自己逃到了一架观览车上，可是随着自己所在的车厢越升越高,她已经来不及逃脱。

趴在窗子上,她往下看,感到头晕目眩。将视线转移到其他车厢上,她看到每一节车厢中都有一个人,和她做着相同的事情。

她眯起眼睛仔细去看,突然发现那些人和自己长得一模一样。

她惊恐,每一节车厢中的每一个自己,也都露出了惊恐的表情。

许杏儿发出无声的尖叫,感觉这个狭小的空间变得越来越热,仿佛下一刻就要把她蒸熟。

已经无处可逃。

无数个她尖叫着,许杏儿感到车厢停止了圆周运动,停在了最高处。可紧接着又有剧烈的震动传来,她往下面看去,看到一只黑色的怪兽正顺着铁架向上攀爬,即将抓到自己。

许杏儿已经无处可逃,此时此刻的每一秒都在让恐惧无限放大。

就在这时,又有一道遥远的声音传来:"走出去。"

不,我不敢。她疯狂地摇着头。

然而恐惧到了最深处,就成了歇斯底里的勇气。

许杏儿打开门,顿时有风吹了进来,令之前的闷热不再。

就在怪兽即将爬上她所在的车厢时,她终于闭上了眼睛,鼓起勇气向着前方一跃而下。

即便是摔成一摊烂泥,也绝对、绝对不要被它抓住!

怀着这样的想法,许杏儿的双脚触碰到了地面。

她紧张地睁开双眼,发现自己并没有像想象中那样下落。她回过头,看见那节车厢依然停在最高处,而门口却连接着现在自己站的地方。

可是,这又是哪儿?

许杏儿收拾好心情,准备继续开始接下来的冒险。

这是一条由镜面组成的长廊，似乎除此之外，什么都没有了。

她心情复杂地迈出一步，发现长廊顿时有了翻天覆地的变化。第一面镜子倒映出了她的身影，随即这个镜面中的身影又由另外一面镜子倒映着，如此往复不息，循环不止。

无数个许杏儿的身影向着镜面深处不断蔓延，最后形成了一条满是她自己的长廊。

她惊讶地捂住了嘴，然后所有的她都做出了相同的动作。

好不容易适应了眼前的景象，许杏儿缓慢地向前走去，镜中的自己也如流水般移动起来，有了奇妙的变化。

她们纷纷有了自己的表情，有了自己的神态，虽然她们都是许杏儿，却又不是同一个许杏儿。

我记得那个表情，那时母亲去世的时候，我哭泣的样子，特别的狼狈。

还有那个鬼脸，每次父亲骂我之后，我都会偷偷在他背后做个鬼脸。

得意的表情，我捉弄了弟弟。

脸红的表情，我在偷看阳光下的文彦博。

许杏儿如数家珍，回顾着那些珍贵至极的表情，她只需要看她们一眼，就仿佛又一次体验到了当时的心情。

这就是记忆的奇妙之处，当你回忆过去的时候，发现自己永远站在第三个人的角度。

她继续往前走去，然后突然停下了脚步。

因为她看到了一个特殊的表情。

那个"许杏儿"的脸上，写满了绝望。

原来我那时候表情这么难看。许杏儿想道。

她永远无法忘记那一天，父亲执意送她出国的那一天。

就在那一天，她失去了前十八年苦心经营的一切：脆弱不堪的亲情、懵懵懂懂的爱情……都在那一天烟消云散。

最后她坐在飞机里，望向窗外，发现云彩变成了自己绝望的表情。

想到这些的许杏儿变得愤怒起来，她的面孔越来越狰狞，镜子里的她们也是一样。

那时候坐在飞机里的许杏儿曾暗自发誓：

总有一天，我会回来。

随着这个念头产生，镜子中的"许杏儿"忽然变得躁动不安，她们纷纷拍打着镜面，仿佛想要突破那面玻璃，冲出桎梏。

许杏儿看着她们，发现所有人都在喊着同一个字。

虽然听不到，但通过嘴型，她知道了那个字到底是什么。

逃！

熟悉的感觉从身后传来，许杏儿立刻向着前方狂奔。

她不知道长廊的尽头有多远，那里是否有出口，但她只能选择不停地逃。

这就像是她的前半生，永远都在因为恐惧而逃离着什么。

终于，她看见了长廊的尽头，令人绝望的是，那也是一面镜子。

镜子倒映着狂奔而来的许杏儿，镜中的她狂奔向彼此，到了最后便会撞在一起，然后变得粉碎。

可她不能停下，因为镜子同样倒映着她身后狂追不止的那道黑影。

已经无路可走。

遥远的声音再度传来："冲出去。"

这道声音给了她一丝勇气，让她没有停下脚步，而是向着终点冲去。

镜子里的她距离自己越来越近，她们就像是两辆相对驶来的汽车，即将在下一刻面对面毁灭彼此。

终于，许杏儿与自己相撞。

"咔"。

裂纹如蛛网般在镜面迅速扩散，然后碎裂一地。

许杏儿终于冲出了这条满是"自己"的长廊，满是回忆的地方。

镜子的碎片将她划得遍体鳞伤，狼狈得像是一条无家可归的野狗。

她满身是伤，却不觉得疼痛，只觉得整个人空荡荡的。

眼前正举行着一场婚礼，两个人交换了戒指，轻吻着彼此，他们的十指相缠，仿佛永生永世都不会分开。

许杏儿面无表情，只是静静地看着这一幕。

她多么希望那个女人会是自己，可这终究只是个幻想罢了。

那对新人的笑容令她难忘，那是发自灵魂深处的喜悦，不可能弄虚作假。

新郎抱起了新娘，开心地转了个圈，仿佛自己怀抱着的，是整个世界。

不知道为什么，她忽然感到羞耻。就像是一个处于青春期的少女那样，对自己的过去充满不满，觉得处处充满了尴尬。

天真的许杏儿，幼稚的许杏儿，傻乎乎的许杏儿……如果她们从来不曾存在过，那该多好啊。

许杏儿还是面无表情，只是眼角流下了一滴眼泪。

从那之后，她便什么都看不见了。

人在梦里是不会哭的，可文彦博看到了顺着她眼角滑落的那一滴泪。

他情不自禁地为她拭去泪水，然后拉住了她的手。

而她，还在噩梦中没有醒来。

许杏儿的眼前重新变成了最初的无尽黑暗，她回到了梦境的开始。

第三章　梦中世界

只不过这一次，她不再是"自己"。

她要"杀掉"过去的许杏儿，这样就不会有后来的伤心。

于是她变成了一道黑影，发疯一般追赶在"许杏儿"的身后。

这是一场自我毁灭的循环。

"当我数到三，你就会醒来。"

许杏儿流下的眼泪令文彦博感到不安，他意识到噩梦必须结束了，否则可能将会给许杏儿留下无法磨灭的伤害。

如果不是在催眠状态，出于身体自我保护的机制，许杏儿应该早就会醒来。虽然还没有找到最关键的信息，但文彦博认为这场催眠必须停止。

于是他做出了让许杏儿醒来的指令：

"一……二……三！"

第四章　将计就计

许杏儿抬起头看着文彦博的脸庞，忽然感到左手传来一阵湿热，就像是一碗热汤洒在了男人的身上。文彦博把额头搭在她的肩膀上，他嗫嚅着，说出了最后一句话："23、25、2……"

【1】

许杏儿蓦地睁眼，盯着眼前的文彦博，看上去面无表情，却又像是充满了万种情绪。

她攥着文彦博的手，像是痴傻了一般，一言不发。

刚刚通过催眠诱导许杏儿讲述了噩梦中发生的事情，文彦博的心情同样复杂无比。

"我从不知道……你参加了我的婚礼。"

"偷偷跑回来的，只是想看看你，没有别的意思。"

"在梦里，你的眼睛似乎……出了问题？"

"心因性失明，去国外之后心情一直不太好，总是在哭，那天受的刺激又有点大，所以就忽然什么都看不见了。"

"什么时候好的？"

"一年之后，想通了一些事情，然后忽然就能看清东西了。"

文彦博怔怔地看着许杏儿，后者则蜷缩着坐了起来，盯着自己的脚趾。

心因性失明——他从来没有想到，自己竟然在不知不觉中给了这个女人那么沉重的打击。

"失明的那一年，过得一定很辛苦吧？"

"还好，开始觉得不太方便，不过后来慢慢地也就习惯了。"

"没人照顾你吗？"

"我没和任何人说过这件事，他们只觉得我是个不愿意出门的人，孤僻又古怪。至于父亲他们，或许把我的反常当成了叛逆吧。"

文彦博没法想象，一个女人，孤身一人在国外，双眼看不见，那段时间她到底怎么度过？

许杏儿依然低着头，漫不经心地说："你不用觉得内疚，这件事和你无关，从头到尾都只是我的一厢情愿而已。"

一直以来，文彦博都只把许杏儿当成妹妹看待，而且是个有钱人家娇生惯养的小妹妹。当时他不是不知道许杏儿对自己抱有好感，但他只把那当成了青春期的悸动。

人就是这样，当他度过了青春期，就会忘记自己在青春期爆发的情绪情感有多么激烈，然后开始对其他人的青春期嗤之以鼻，仿佛那是天下最好笑的事情。

可是对于许杏儿来说，十八岁那年，她背井离乡，离开了亲人，离开了暗恋的人，这种程度的伤害加上青春期，已经足以将一个人折磨得死去活来。

没人在意。

在那个时候，无论是许震还是文彦博，没有人在意过少女的心情。

两个人沉默了许久，许杏儿终于抬起头，主动说道："在我的噩梦里发现了什么，对治疗失眠会有帮助吗？"

文彦博回过神来，解释说："你的梦境包含有很多信息，所以我需要你来配合一下，把这些信息背后潜藏的意义揭露出来。"

许杏儿轻轻"嗯"了一声。

"第一个场景是游乐场，你最后逃上了观览车，在现实中你去过那里吗？"

"以前经常去。"

"一个人坐？"

"是的。"

"为什么要这样？"

"觉得孤单的时候就会这样。"

文彦博说道："所以说，这是你以前的一个习惯……它会出现在你的噩梦里，可能是因为你以前独自坐观览车的时候喜欢胡思乱想，而且那时候的你非常缺乏安全感。"

许杏儿点了点头："是，把自己关在一个狭小的车厢里，其实并不觉得舒服。"

文彦博继续说道："游乐场的场景在你的噩梦里算是最表层的，你在半空之中离开观览车，然后走到的那条镜子走廊要更深层次一些。"

"我从来没有去过那种地方，也没有见过。"

"那里和游乐场不同，它不是来源于现实中的经历，而是潜藏在你内心深处的事物，只不过在噩梦中以镜子和长廊的形式表现了出来。"

"它意味着什么？"

"回忆。所以你看到了许许多多的自己，你最后冲出了那里……"

许杏儿打断说："然后来到了另一个……我最不想记起的回忆里。"

文彦博："是，在那里你受到重创，失明，世界一片黑暗，接着回到了梦境的开始，只不过这次你变成了怪物，你想要杀死过去的自己，其实就是想要否定过去。"

"那种一无是处的过去，难道不应该被否定吗？"

"它们造就了现在的你，并不是一无是处。"

"可我不喜欢现在的自己。"

"为什么？"

许杏儿忽然反问道："你爱她吗？"

文彦博一时愣住不知道如何回答。

"婚礼上，你对她的爱可一点都不像是装出来的，所以你肯定是爱她的……那么，为什么又离开了她呢？"

文彦博的笑容有些僵硬，"可能是因为不爱了吧。"

许杏儿咄咄逼人地追问着："为什么？"

文彦博没有回答。

她说："就像是你不爱她了，我不爱自己也是一样，哪有那么多的为什么。"

许杏儿的话就像是一根尖锐的针，猛地刺入了文彦博的脑海，扎破了那个装着前妻回忆的气球。

他情不自禁地想起了红气球，然后记忆开始倒放。红气球从半空缓缓下落，回到了女儿的小手里，然后那辆本要撞到女儿身体的车子也倒着开了回去。

这是这段时间以来一直困扰着文彦博的噩梦，令他夜不能寐。

可他现在睁着眼睛，眼前是许杏儿的脸庞，思绪却不可控制地回到了那起车祸的现场。只不过这一次，他变成了一个旁观者。

他站在道路的另一旁，看着气球回到女儿手中，汽车倒着开走，然后女儿笑着后退，回到了一个女人的怀抱之中。

那是南南的母亲，文彦博曾经深爱的人。

最爱的人。

女人拉着女儿的手，看向了道路对面的文彦博，与他四目相对。

文彦博忽然有了一股崩溃的冲动，他感觉自己的五脏六腑、每一根头发、每一寸皮肤都想要分离出这具躯体。

"文彦博。"女人轻声念着他的名字。

"文彦博？"

文彦博用力地眨了眨眼睛，忽然发现自己"回"到了现实。许杏儿正看着他的眼睛，轻声念着他的名字。

她说："抱歉，我不该提起你的伤心事。"

文彦博想要挤出一丝笑容，但是却失败了。"没事，都已经过去了。"

"无论如何都笑不出来，这才是真的伤心。"许杏儿仿佛读懂了文彦博的表情，说道，"我能理解你。"

这个瞬间，文彦博觉得他和许杏儿之间互换了身份。十年前，他能够读懂少女的每一个动作和表情；十年之后，他开始看不懂她。

但她，却拿捏住了文彦博的每一个微小的情绪。

文彦博用探讨治疗方案来掩盖自己的失态，说道："如果想要治疗你的失眠，我建议在现实中去一次观览车，或许在那里能够打开你的心结。"

"我在噩梦里已经受够了那个地方，为什么要去自讨苦吃呢？"

"当你能够勇敢地面对现实时，噩梦自然也就不再是噩梦了。"

文彦博离开许宅的时候，显得有些失落。直到最后，许杏儿也没有接受他的治疗方案，她无论如何都不愿意重游一次伤心的地方。

他坐在副驾驶的位置上，陈在旁边问道："有收获吗？"

文彦博叹了口气："有。"

"我指的是箱子，我听到了你催眠许杏儿的时候说的每一句话，但就是没从里面找到任何有关箱子的信息。"

"今天做的只是浅层催眠,哪怕我提出'箱子'的字眼,恐怕她都会瞬间醒来。我需要她的信任,第一次催眠也只是为了得到信任,并且找出她的弱点,除此之外没有其他目的。"

陈笑道:"好吧,你总是有你的道理。但我要提醒你一下,你完成计划的时间越长,你的女儿就越危险。"

文彦博的表情很难看,"你答应过我,在这期间不会伤害她的。"

"我不会伤害她,但如果她死了,那么伤害她的人就是你。"

文彦博的眼前忽然再度出现了红气球,他感觉自己的思绪马上就会随着噩梦乱跑,于是赶紧深呼吸,保持镇定。

陈继续问道:"接下来我们怎么做?"

文彦博闭着眼睛说道:"在游乐场做些准备。"

"可许杏儿并没有同意你的治疗方案。"

"她会同意的。"

"什么时候?"

"等等。"

【2】

与此同时,书房里的许杏儿关掉了墙角的录像机。随着文彦博的离开,她感到一阵空虚。

虽然终于记起了噩梦的内容,但她并没有什么特殊的感觉。

依然不想睡。

无聊的她看到放在桌上的录像带，除了看过的那一盘之外，还剩两盘。

于是她挑出第二盘录像带，塞到了那个能够"读取"回忆的机器里。

机器已经太过老旧了，电视也是一样，所以运行起来慢吞吞的。漫长的等待中，许杏儿情不自禁地回想起了往事，主要是关于父亲的。

比如他对自己的面孔永远是冰冷的，眼神中带着一丝恨意，仿佛是自己夺走了他的爱妻。

比如他对自己的态度是反复无常的，前一刻还是风平浪静，下一秒可能就变成了狂风暴雨。

他不喜欢女儿，也瞧不起女儿……可是到了生命的尾声，他突然有了变化。

他把自己辛辛苦苦积攒了一辈子的东西，一股脑地给了女儿。

所以许杏儿的内心是矛盾的，她恨着父亲，却又不知道这股恨意是否只是一场玩笑。许震对待她的方式令她快要发疯，快要崩溃。

许杏儿在爱恨交织的漩涡中挣扎着，突然屏幕一亮，开始播放录像带里的内容。

首先映入眼帘的，是蒋重轻的脸。

他打开了录像机，对着机器做了一个无奈的表情，并且撇了撇嘴。

在蒋重轻的身后，可以看到许震正在大发雷霆，不知道是因为什么……许杏儿微微回忆了一下，但没有想起原因，毕竟父亲发火这件事对她来说像是家常便饭。

但是当她看到地上的水果时，那段尘封的记忆瞬间被重新勾起。

还记得第一次和文彦博说话的那天，她为父亲端去了一盘切好的水果，然后在咆哮声中落荒而逃。

原来这盘录像带所记载的,是那天她狼狈逃离书房之后发生的事情。

许震的怒火就像是一只炮仗,轰然炸裂之后,只剩下一片狼藉。

蒋重轻看着逐渐冷静下来的许震,安慰道:"舒服些了?"

许震重重地坐在沙发上,然后双手掩面,没点头也没摇头。

"其实你的反应有些过激了,这样会伤害到身边的人。"

"我知道。"许震的声音从指缝间缓缓"流"出,"可自从青儿去世之后,我就越来越难控制自己的情绪。"

蒋重轻叹了口气:"可以理解,对你来说,强行压抑住对妻子的思念就已经够辛苦了……但是,那孩子毕竟是无辜的。"

"我已经在尽力克制了,老蒋你不知道,杏儿和青儿越长越像,每次我看到她,就感觉像是又看到了青儿……我知道青儿已经死了,杏儿是我们的女儿,终究不是她,她已经再也不会回来了……"

蒋重轻不再说话,只静静地聆听着。

滚烫的泪水溢出指缝,许震的声音变得低沉、嘶哑,充满了纠结、悲痛。"今天她端着果盘忽然出现在书房的时候,我甚至感觉青儿真的重新回到了我身边。"

"那种感觉太绝望了,真的太绝望了啊!"说到这里的时候,许震已经泣不成声。

蒋重轻轻声说道:"你总是喜欢用愤怒表达自己的一切情绪,伤害到别人的同时,也把自己折腾得够呛。"

"那我应该怎么做?"

"尝试着平静下来,你甚至可以把脆弱的一面展现给许杏儿,这样她就会理解你。"

"我是一个父亲,你明白父亲的含义吗?"

"当然知道，我女儿比许杏儿还要大好几岁呢。"

"你会向她哭诉吗？"

蒋重轻苦笑着摇了摇头。

许震用手抹去脸上的泪水，深呼吸数次之后恢复了正常，他说："我不需要女儿理解我，她只需要遵从我的安排就足够了。"

"你这样过于大男子主义了吧？"

"怎么，你不是一直都自吹自擂说能够共情我的感受吗，现在又没法理解了？"

蒋重轻说："谈不上理解，但这世上的确有很多事情，明明知道是错误的，还是会不由自主地去做。比如我女儿喜欢上了一个穷小子，我虽然知道那男孩人品不错，各方面都很优秀，可就是说不出赞成之类的话。"

两个中年男人，围绕着"女儿"这个话题，说着各自的"教育心得"。

这一切在许杏儿看来却极为嘲讽，原来父亲早就意识到自己的所作所为已经伤害到了女儿，但还是忍不住去做。

可这到底是为什么？在把女儿残忍地送到国外之后，他是否会好受一些？

许杏儿毕竟还是个年轻的女人，没有谈过婚论过嫁，更没有当过母亲，所以她无论如何都无法理解父亲当时的心情。

许震一方面是个大男子主义的人，典型的重男轻女；另一方面却又对爱情极度忠贞，在妻子去世之后一直没有另结新欢，而是沉陷在思念中无法自拔。

他到底是个怎样的人呢？

毫不客气地说，这个人就是许杏儿噩梦的根源。是他对待女儿的态度，让许杏儿在孤单寂寞的时候独自坐上观览车，然后望着远方发呆。

也是他粗暴地赶走了女儿，让许杏儿陷入深深的绝望，继而失去了懵懵懂懂的爱情。

许杏儿越想越心烦，忽然想起文彦博在不久前曾经说过，要带她重新去一次游乐场，直面噩梦。

她盯着手机看了很久，然后鬼使神差地拨通了他的电话。

"什么事？"文彦博的声音还是一如既往地令人心安。

许杏儿犹豫片刻，终于做了一个艰难的决定："明天见。"

【3】

旧地重游的滋味并不好受。

复杂的滋味仿佛积聚在胸腔处，想要喷薄而出，却又无法做到，最终只能在体内平息，化为一种类似忧伤和惆怅的情绪。

许杏儿和文彦博一同坐在观览车中，狭小的空间只能装得下两人，所以他们挨得很近，肩膀几乎已经贴着彼此。

从见面之后，许杏儿一句话都没有说过，可以看得出来她心情很差。文彦博也没有上去触碰霉头，只是一直跟在她的身后，怀着自己的重重心事，却偏偏不能表现出来丝毫。

观览车在一次震动之后开始缓慢地移动，已经过去多年，机器显得有些陈旧，运行起来给人一种提心吊胆的感觉。

"不知道再过多久，这些设施应该就要退休了吧。"许杏儿忽然开口说道。

文彦博轻轻点头："嗯，毕竟时间太久了，维修起来应该还不如重建一个。"

"我离开的这些年，这座城市变了很多。"许杏儿说这句话的时候，双眼望着远方，看着那片逐渐缩小的土地。她看到了很多熟悉的建筑，但更多的是陌生。

"你昨晚睡着了吗？"

"睡了一会儿，然后很快就醒过来了，但我确定自己没有做噩梦。"

"治疗需要时间才能显出成效，我希望你明白这一点，不要太过心急。"

许杏儿忽然露出一丝微笑："我知道。"

这个笑容让文彦博有种惊艳的感觉，这段时间以来，他还是头一次看到许杏儿露出笑容，而不是冷漠、嘲讽或是戏谑。

观览车仍在上升，许杏儿的目光从外面辽阔的世界转到了文彦博的身上，然后就再也没有移开。

她心想，如果十年前文彦博就能陪着自己来这里一次，自己是否就会变成另外一种模样。

这个想法转瞬即逝，她早已不是当年的少女，不会让自己的情绪突然泛滥成灾。

下一刻，许杏儿把手搭在了文彦博的肩膀上，缓缓滑向脖颈，手指轻轻拈起外衣的拉锁。

"这里有点热，对吗？"

面对女人的挑逗，文彦博情不自禁地紧张起来，甚至生出了一种逃离这里的想法。他仔细打量着许杏儿的表情，从中看到了太多讯息……似乎真的有爱慕，但也有着——威胁。

文彦博张嘴想要说些什么，却被许杏儿用手捂住，然后她拉开了他外衣的拉锁，用手指在心口处刻下了一个字。

南。

感受到那个字的瞬间，文彦博知道自己必须听从女人接下来的每一个指令。

许杏儿捧着文彦博脱下的外套，仔细在上面寻找着什么，最后终于在内里发现了一枚类似纽扣的东西。她笑了一下，把那枚窃听器扔到了车厢外。

随着窃听器坠落地面，隐藏在人群中的一道身影忽然触电般摘下了耳机，重重摔在地上。陈眯起眼睛，抬头看向文彦博所在的方向，表情既恼火却又带着一丝难以察觉的喜悦，他轻声感慨道："终于上钩了。"

然而就在陈的身后不远处，还有一道穿着便衣，戴着鸭舌帽与墨镜的小巧身影悄悄跟随着。吴瑶在收到文彦博的提示之后，已经在这里等了很久，其间她曾经向队里提起文彦博现在很有可能受人要挟。可惜结果不出意料，队里表示这件事情并没有直接的犯罪证据，所以无法立案调查。

就像当年蒋重轻的死，无论文彦博如何坚持老师的死一定藏有隐情，但只要找不到证据证明这一点，警方就只能维持蒋重轻是死于心脏病的医学诊断。

不过这一次队里虽然无法直接帮助文彦博，却还是同意了吴瑶暗中调查的请求。所以吴瑶来到这里的目的很简单，就是找出那些人的犯罪事实，这样警方就可以用雷霆手段解决此事。

此时此刻，观览车内同样惊险万分——

文彦博看着许杏儿的举动，后背上冷汗密布。

她今天的唇色很美，胭脂般的红，但说出的话却让文彦博感到寒冷：

"我知道你的计划。"

文彦博努力维持着镇定:"什么时候知道的?"

"从一开始的时候,包括那起事故,我也知道是你们谋划的。"

"可你为什么要一直陪着我演戏?"

"因为我还不知道真正想要伤害我的人是谁……既然原本的'你暗我明'变成了'我暗你明',那我为什么不多玩几天呢?"

"我……我玩不起这样的游戏。"

"我当然知道,你在担心南南,我也知道你是因为南南才答应算计我。"许杏儿的眉眼透着笑意。

文彦博深深吸气然后吐出,说道:"那你现在已经知道幕后黑手的身份了?"

"不知道。"

"那为什么不继续演下去?"

"我忽然想和你说一些话,而这些话绝对不能让其他人听见。我不喜欢那种感觉,你明白的,前两次见面的时候我说的每一句话,都被除你之外的人听到,这让我感觉自己没有丁点隐私。"

"抱歉。"

许杏儿摇了摇头:"道歉是没有意义的,既然你已经决定害我,就没有必要道歉了。"

文彦博问道:"可我不明白,你是怎么知道这个计划的。"

"一段视频。"

"视频?"

"没错,是你在江大讲课的视频,而那段视频里有着陈和你见面,并且要挟你的内容。"

就在这时，车厢再度传来一下剧烈的震动，文彦博和许杏儿所在的这节车厢居然停在最高处。

"这也是你安排的？"

"嗯，这样就不会有人打扰我们了。"

"他们知道窃听器被毁掉，一定会有所行动的。"

"那样正好，我可是为他们做了不少准备呢。"

许杏儿笑着往下面看去，游乐场里渺小如同蚂蚁的人们，哪些会成为今天这场战争的牺牲品呢？

片刻后，文彦博终于从震惊的状态中解脱出来，想通了所有环节。

许杏儿说："让我们暂时忘了那些烦心事，聊聊天吧。"

文彦博："你想聊什么？"

"我的父亲，许震。"许杏儿有些惆怅，"他也是个固执到极点的人，母亲的离世一直是他心里最大的伤。不知道最后他有没有彻底相信蒋重轻，并且被催眠……你知道吗？"

"据我所知，没有。老师从来没有催眠过许先生，可能是没有必要，也可能是因为不能。"

许杏儿话锋一转，感叹道："催眠真是一件奇妙的事。"

文彦博摇头："并没什么奇妙的，只是一种治疗手段罢了。"

"可是按照你的计划，你将会催眠我，然后找到箱子和密码，这已经不是一种治疗手段了。"

许杏儿的眸子隐约闪烁着令文彦博感到心悸的光芒。

她问："其实有件事我一直想不明白，既然你需要通过催眠达成目的，为什么之前我给了你那么多机会，你却全都错过了呢？"

文彦博："因为我觉得你还不够信任我，催眠不会成功。"

"其实你可以问我的,如果能用那个箱子换南南平安,我想我是不会拒绝的。"许杏儿的语气里透着一丝失望,"可惜你没有那么做。"她的失望忽然又变成了喜悦,"这是不是也说明,你也在犹豫,犹豫着要不要用我的秘密去换自己的女儿?"

面对着此时此刻的许杏儿,一个情绪处于临界点的女人,她的表情是如此微妙,让人完全捉摸不透……文彦博彻底处于下风,他知道自己的计划已经败露……

没有丝毫的胜算,他已经不能指望自己找到箱子,然后换取南南……现在,许杏儿反而成了他的最后一根救命稻草。

文彦博从牙缝里挤出两个字:"求你。"

许杏儿在装傻:"求我什么?"

"救救南南。"

女人深深吸气,呼气,往复数次,努力地控制着情绪。她不得不承认,这一刻自己真的很想答应文彦博,与他相识以来,她还是头一次看到这个男人如此哀求自己,这让她有一种复仇的快感……但除此之外还有一些心痛。

许杏儿缓缓说:"你想和别人一起害我,现在又要求我帮你?"

终究她还是拒绝了,她早已不是当年的那个女孩了。

观览车重新开始移动起来,文彦博的心也随着它一同沉入谷底。

在这之后,两个人一直保持着沉默。当许杏儿的双脚重新回到地面,当她走出观览车的那一刻,周遭是如此安静。

然而文彦博知道,在这平静之下,早已布满了重重杀机。

这里不仅有针对许杏儿的杀机,更有针对陈的杀机。

她和他并肩走了一条漫长的路,最后停在了游乐场的门口。这里人潮拥挤。

许杏儿拉着文彦博的手,笑着说道:"谢谢你,陪我演了一出很好看的戏。"

文彦博苦笑着摇头:"如果可以的话,真希望能够在没有任何阴谋的情况下,和你再来这里一次。"

刚说完,他突然紧紧抱住了许杏儿。

她本能地抗拒着,想要逃离,甚至觉得是不是文彦博和那些人一样,也打算挟持自己。

然而男人胸膛的温暖、心口的跃动,让她最终放下了警惕。

文彦博在她耳边轻声说着话:"相信我,我从来都没有想过害你,从来没有。"

他的声音透着虚弱,仿佛强忍着剧痛。

许杏儿抬起头看着文彦博的脸庞,忽然感到左手传来一阵湿热,就像是一碗热汤洒在了男人的身上。

只不过汤是红色的。

文彦博感觉浑身的力气被抽干,疼痛如潮水一般涌来,不停地冲刷着他的神智。

把额头搭在她的肩膀上,他嗫嚅着,说出了最后一句话:

"23、25、2……"

战争必然伴随着鲜血。

那个想要杀死许杏儿,却被文彦博用身躯阻止的杀手一击即退,没有多做停留,身影随着拥挤人潮一同退去。

吴瑶在暗中目睹了这一切,她刚想要拔腿追赶那道渐行渐远的身影,但突然想起了一件至关重要的事情,于是赶紧停下了脚步。

她害怕会打草惊蛇。

如果她此刻去追赶杀手，那便证明文彦博已经将这件事通知了警方，接下来他的处境更会无比凶险。

除此之外，吴瑶还想到了另一种可能，也是文彦博计划的下一环。

"只是，这样真的值得吗？"她在心中默默感叹。

第五章　催眠中的催眠

在催眠的梦境之中，许杏儿又一次被文彦博所催眠。现实中，文彦博已经满头大汗，他的手甚至因为紧张而不由自主地颤抖着。在催眠中"催眠"，会发生什么？

【1】

"彦博？文同学？老文？"耳旁有女人的声音响起。

文彦博迷迷糊糊地睁开眼睛，看到一张再熟悉不过的面孔，这时候她还年轻，眼角没有细纹，脸上更没有那件事刻下的悲伤。

女人每说一个昵称，便用手捏一下他的鼻子，笑眯眯的样子像极了偷吃灯油得逞的小老鼠。

文彦博伸手抓住了她恶作剧不停的那只"爪子"，笑道："不知道今天有什么要紧事呀，蒋紫涵同学。"

"瞧你傻不拉几的样儿，今天你有预约。"

"谁呀？"

"就是那个有点被害妄想的……"

话还没说完，文彦博突然一把将妻子扯入怀中，然后用手挠着她的痒痒："我问的是，你说谁傻不拉几呢？！"

蒋紫涵笑得喘不过气来，但仍然嘴硬："谁傻说谁喽！"

"你再说一遍？"文彦博手下"毫不留情"。

蒋紫涵终于服软："是我，是我，我傻不拉几行了吧……"

文彦博停手，看着怀里的妻子，忽然感到了一丝不真实。

已经有多久？离开这种生活，已经有多久了？

怀中的人逐渐失去了温度，也失去了重量，最后轻盈地融入了空气之中。文彦博猛地记起，自己刚才中了一枪，因为疼痛而昏厥过去。

也就是说，自己现在……或许已经死了。

或者，离死不远了。

曾经听家里的老人说过，人在死前会像观看走马灯一样回顾自己的一生。文彦博当时无法理解那种感觉，但现在却有了真实的感受。

他望着自己空荡荡的怀抱，闭眼，再睁眼，场景已经切换到了心理诊所。

对面坐着一个中年男人，姓胡，来文彦博这里治病已经有大半年的时间了。最初的时候，他坚定地认为有人时刻监听着自己的思想，并且时常因此失去理智，发疯般说着乱七八糟的话语。

老胡原本是一名出租车司机，后来不小心发生了一场车祸，头部做了手术，然后落下了这样的病根。脑科医生坚定地认为他的脑部伤口已经痊愈了，现在出现的是心理问题。于是在亲属的强烈要求下，他找到了文彦博。

这应该算是文彦博接手的最棘手的病例了，因为和老胡沟通实在困难。他无时不刻不认为有人在监听自己，并且认为那个人可能是外星人，也可能是国家的某个神秘机构，甚至可能是身边最亲近的人。所以老胡一直不信任文彦博，这种情况在三个月过后才有所好转。

今天是老胡最后一次看心理医生，文彦博有种如释重负的感觉。

老胡问："以后我就算是正常人了？"

文彦博："只要你不要胡思乱想，可以这么说。"

"那我还能开车吗？一大家子等着我养活呢。"

"这个要看你自己了……如果你表现得好一些，我想重新开车上路应该不难。"

"那就好，那就好。"老胡话锋一转，"对了文医生，有件事我一直没有跟你说。"

"什么事？"

"你知道几个月前，为什么有一天我突然开始信任你了吗？"

文彦博听后一愣，"为什么？"

老胡的表情很诡异："因为那个一直窃听我思想的人突然和我联系了，他告诉我，让我信任你。"

文彦博如遭雷击，他一直以为是自己的努力让老胡的病情有所好转，而且不再感到思维被他人窃取。

可他没有想到，早在三个月前，那个病情好转的关键时间点，竟然是老胡病情再度恶化，甚至症状发生本质改变的关键时刻。

他由被监听的妄想转为了幻听，甚至是更严重的状况。

而他之后配合文彦博进行的所有治疗，都是因为脑海中那个不存在的声音给自己下了指令。

文彦博觉得有些可笑，自己辛辛苦苦追求的病人的信任，最后却被发现来自病人脑中的幻想。

老胡离开的时候和正常人没什么两样，没人看得出来他和某个不存在的人进行着无声的交流。

文彦博感到不知所措，他想要让老胡回来继续进行治疗，但想到他的家境，还有现在的精神状况，又觉得这样做并不合适。

"唉。"文彦博重重地叹了口气,瘫倒在沙发上,他告诉自己,让这件事就这样过去吧。

不是所有病人都能痊愈,这世上没有绝对的事。

当时的他并不知道,自己此时此刻的自我安慰,会酿出一颗何等苦涩的果。

他疲惫地闭上眼睛,再睁眼的时候,场景又一次发生了变化。

这是噩梦中反复出现的场景。

人潮拥挤的商场,女儿手中的红气球。

蒋紫涵一时不小心,撒开了女儿的手,结果两人被人潮冲散,她赶紧向着女儿的方向赶去。

女儿嘴里喊着"妈妈",慌乱地向着马路对面走去,跌跌撞撞的样子令人心疼。

然后蒋紫涵喊住了她。

"北北,妈妈在这儿!"

北北开心地回过头,那是一张和南南一模一样的面孔。

她迈着步子往回跑,突然一辆出租车冲出,将她弱小的身躯撞成了一只断线的风筝。

在距离蒋紫涵不远的地方,文彦博目睹了这一切,他本能地抱紧女儿南南,并且用手遮住了她的眼睛。

希望、绝望、希望、绝望……

文彦博忽然想起了一件……一件几乎都快要被他"忘记"的事情。

他有两个女儿,没错,他曾经有两个女儿。

那是一对双胞胎,一个叫南南,一个叫北北。

噩梦中发生车祸的人,是北北。

文彦博的目光先是追随着那辆出租车远去，他看清了司机的面孔，是他……老胡。

紧接着，他的目光又转移到了天空中的红气球上。

那天其实不是噩梦的终结，而是噩梦的开始。

来不及悲伤，场景再变。

蒋紫涵在北北死后陷入了浓浓的自责当中，甚至变得……疯疯癫癫。

她先是产生北北还活着的幻觉，开始管南南叫北北，然后逐渐分不清自己到底有几个女儿，到了最后，她开始压抑关于北北的记忆。

文彦博不怨妻子，这是人的本能——逃离悲伤的记忆。

可蒋紫涵还没疯，她还清醒，所以她时而会记起北北，然后重新陷入自责中，没人能理解她的痛苦。

哪怕是文彦博也不能。

文彦博不明白，为什么幸幸福福的一家四口，忽然就变成了现在这副模样。

老胡被警方抓到了，但他们说这起车祸只是一场偶然。

是啊，妻子偶然间松开了北北的手，然后北北偶然间出了车祸。如果这一切是必然的话，需要何等精心的算计。

但文彦博坚持认为，这并不是偶然。

警方的人问他说，你该不会也有被害妄想了吧？

文彦博忽然惊醒，老胡的病其实没好，这件事只有自己知道。换句话说，是他害死了北北。

那一瞬间文彦博理解了妻子的痛苦。

一个家庭，不能永远困在悲伤中，何况他们还有一个女儿仍健康地活着。

夫妻二人有默契地选择重新开始，他们忍住失去北北的悲痛，努力地挤出笑容，试着和南南重新过一家三口的幸福生活。

南南是个很乖的女孩，甚至可以说比起大人还要更乖。双胞胎妹妹的死亡对她的打击同样巨大，但她很快走出了悲伤，在心灵上照顾着父母。

她说，我能听到妹妹的心跳声，她好像在跟我说，要我代替她，陪在你们身边。

新生活开始了。

蒋紫涵开始重新打扮自己，把阳台的花也重新照料起来，还主动离开家门，在外面参加了一些同好会。

文彦博感到欣慰，心想生活终于可以回到正轨。

然后，大约在几个月后，蒋紫涵给了他一张离婚协议书。

文彦博愤怒得浑身发抖。

蒋紫涵平静地说，她真的想要放下这些重新开始，但是留在这个家里只会让她随时随地想起北北。

那一刻文彦博已经失去了理智，怒火占据了他的大脑，他想着妻子一定在外面有人了，还想着自己一直以来其实都看错了蒋紫涵。

蒋紫涵说，你还年轻，离婚之后会有很多女人追求你。

文彦博问，你怎么知道离婚之后我一定会幸福？

以前那个许杏儿不是就很喜欢你吗？

人总是这样，明明做的是伤害别人的事，却偏偏要找出借口，变成是为了他好。

随你怎么想，反正我忍受不了现在的生活了，我要走。

你去哪儿？

蒋紫涵说，一个没人认识我的地方。

就这样，在这场悲伤的战争之中，蒋紫涵率先做了逃兵。离婚的时候，文彦博把所有存款和房子都留给了她，并且没有给她拒绝的机会。他的条件只有一个，南南必须跟着自己。

蒋紫涵同意了。

女人提出离婚的时候很坚决，男人离开家庭的时候很果断。

断得清清楚楚，才好疗伤。

只是从那之后，从不喝酒的文彦博却沾染上了酒精，并且沉醉。

那是他人生中最灰色的一段时光，几乎时时刻刻，他都在想着如何逃离人世，如何杀掉自己。

可他还要微笑着面对病人，为他们抚平心中的伤痛。

这样的生活令他随时可能崩溃。

蒋紫涵可以为自己精心装饰一段不存在的过去：她只有一个女儿南南，但是因为婚姻不幸福，决定和丈夫文彦博离婚，并且放弃了女儿的抚养权。

所以她只是个离过婚的女人罢了，生活虽然一团糟，但谈不上绝望。

但文彦博不同，他很清楚自己的过去。

他曾有一个女儿叫北北，死于一场车祸，妻子因此自责与他离婚，最后留下了另一个女儿南南由他抚养。

在这段绝望的故事里，唯一的希望、仅存的希望，就是南南。

所以说南南是文彦博的精神支柱，是他活下去的理由。

场景切换的速度逐渐快了起来，文彦博终于度过了这段难熬的时光。尽管是第二次，可他依然痛苦难当。

有一天，蒋重轻忽然来到了家里，他抱着孙女，笑容中带着歉意。

蒋重轻说，我很抱歉，我的女儿做了一个很不负责任的决定。

文彦博说，都已经过去了，我不在乎。

今天来找你主要是想交代一些事情，关于许家，前段时间你因为家里的事一直没去，所以我想你可能对现在的情况不太清楚。

是啊，我连自己的家庭都弄不明白了。

许震已经快要不行了，许杏儿可能会回来继承财团。

许杏儿？为什么会这样？

嗯……我想要拜托你一件事情。

什么事？

蒋重轻说，如果有一天蒋紫涵回来了，你能不能尝试着重新接受她？

文彦博没有回答，只是在心里冷笑着，她还会回来吗？如果她回来了，自己又能接受她吗？

他不知道答案，也就没有回答。

那是他最后一次见到蒋重轻——自己的恩师，也曾经是自己的岳父。

几天之后，蒋重轻死了，心脏病突发。

蒋紫涵和文彦博在葬礼上相遇，曾经无比亲近的人，现在却无限疏离。

文彦博握紧南南的手，心想从今以后，就只剩下他和女儿相依为命了。

除此之外，再没有什么人。

如果许杏儿问他一句，是否因为这段婚姻后悔过。

文彦博会回答，是的。他的确想过，如果当初选择了许杏儿，和她一起去国外，是不是一切都会截然不同。

但生活没有如果，文彦博难过得要死，绝望得要死。

事实上，他也真的要死了。

腹部传来的疼痛，在梦境中都是如此真实。

他已经回顾完了自己的一生，而他的生命也仿佛走到了尽头。

走马灯总有停下的时候，他的呼吸也是一样。

就在文彦博奄奄一息，即将彻底呼出最后一口气的时候，他忽然想起了一个人、一件事。

南南！南南还在等着爸爸！

纵然生活已经没有丁点的可取之处，可他还有一个女儿！

在文彦博心中，南南就是北北，双胞胎一定有心有灵犀的地方，所以只要南南还在，北北就也在自己的身边。

南南就是他活下去的希望！

可是现在南南身陷险境，自己怎么能在这里倒下？他还没有救出女儿，说好的要陪她一起春游，说好的要带她买新裙子，说好的要吃一顿她做的饭……

他要亲眼看着女儿长大，看着她嫁给一个深爱着她的男人，看着她拥有属于自己的幸福家庭……

还不能，还不能倒下！

南南就像是一盏生命之火，点亮了文彦博。

我已经是一个失败的丈夫，绝不能再做一个失败的父亲！

南南，一定要等爸爸来救你！

一定、一定……

【2】

南南唤起的求生意志，终于还是战胜了蒋紫涵赋予他的求死意志。

文彦博睁开了眼睛，天花板的吊灯很亮，这让他感到一阵恍惚。

"你终于醒了。"

文彦博感到有人正拉着自己的手,手心微微有汗水,这说明她已经保持这样的动作很长时间。

"这是哪儿?"因为长时间的昏迷,所以他的声音有些嘶哑。

女人回答说:"放心吧,你现在很安全。"

"我还活着?"

"嗯。"

文彦博终于适应了光线,看清了身旁的女人,她看起来有些憔悴,脸上还留有哭过的痕迹。

许杏儿心有余悸地说:"我还以为你再也醒不过来了,医生说你的中弹情况并不致命,所以能否苏醒要看你自己的求生意志。"

文彦博露出一丝苦笑:"真是个不负责任的说法。"

"我也这么觉得,所以没有把你留在医院,而是带回了我家。"

"那可真是万幸,我还活着,否则就要死在你家里了。"

许杏儿回头看了一眼,示意一直留在屋里的谭姨以及看护人员离开。在屋里只剩下彼此之后,许杏儿的神情终于有了变化,由关切变成了疑惑。

文彦博虚弱地说:"想问什么就问吧。"

许杏儿盯着男人的眼睛,不放过里面隐藏的丝毫情绪。"那串数字是什么意思?"

"你是指'23252'?"

"明知故问。"

"我反倒觉得明知故问的人是你。"文彦博把手抽了出来,手背上残留着她的汗水,暴露在空气中蒸发,带来一丝丝的凉意,"你已经知道它的意思了,何必要找我再确认一次呢。"

许杏儿叹了口气,"我也是在你中弹昏迷之后才反应过来,23、25和2分别代表着字母的顺序,翻译过来就是'W''Y'和'B',这是你名字的简写。"

文彦博:"觉得很亲切,不是吗?"

许杏儿:"这么说来,视频也是你传给我的。"

"算是职业习惯吧,心理咨询的过程需要记录,所以我通常也会把上课的内容录下来。"

"先是和陈一起谋害我,然后又在暗中帮助我,你到底是什么意思?"

"你说呢?"文彦博扯了扯嘴角,笑容显得僵硬而且疲惫。

许杏儿的目光始终没有离开过文彦博,但她的心里是纷乱且复杂的。她原本以为自己既是螳螂捕蝉中的蝉,同时也是一只黄雀。可当她知道文彦博就是暗中帮助自己的那个人,这种想法又变得极为脆弱。

他其实是在帮助自己,多亏了他传来的视频,让许杏儿能够有惊无险地度过了多次事故。包括在游乐场的行动,虽然并没有抓到陈,但如果没有文彦博,中弹昏迷的人就会是她。

善与恶,黑与白,突然开始变得模糊起来,让许杏儿难以分辨。

文彦博说:"感到纠结的时候,可以不去想太多,跟着你的内心就好。"

许杏儿深呼吸,沉默片刻,终于恢复了正常,她说:"我也很想跟随自己的内心去信任你,但还有一个问题……你为什么要帮我?"

文彦博抿了抿嘴唇,这一刻许杏儿有些莫名的期待。不得不承认,其实她希望文彦博给出的答案是……因为好感。当然,如果文彦博真的这么回答,许杏儿反而不会相信。

但她还是会情不自禁地开心。

可惜，文彦博给出的答案是，"我希望你能帮我救救南南"。

他最在乎的终究还是女儿，而不是另一个"无关紧要"的人。

许杏儿感觉像是被人泼了一盆冷水，凉彻心扉，不过她的表情没有什么变化。"说说你的计划。"

"陈从一开始就没打算放过南南，那场交易其实是不成立的。"

"为什么这么说？"

"你还记得我给你发过去的视频吗？里面的细节说明了一切。当陈提到只要我达成目的，他就保证南南平安无事的时候，他的眼神不由自主地飘忽，还有一系列的行为动作，都说明他在说谎。而且在那之后我和他多次提过南南的事，他却告诉我说，不会再有人伤害南南了。在我看来，这句话还有另外一层意思，就是他们从来没打算放过南南。"

许杏儿想了想，点头说道："应该是这样的。"

文彦博越说越激动，"我猜测南南应该被他们困在某个隐秘的地方，甚至可能没人看守。的确不会有人伤害南南，因为他们要让南南无声无息地死在那里。我的时间不多了，我必须尽快找到那个地方，救出南南！"

"所以你答应帮助陈，又在暗中给我传递消息，目的是让我不要中计，同时你会寻找救出南南的方法。"

"抱歉，但这是我能想出的最好的方法。"

许杏儿感到矛盾，她忽然没有了谴责文彦博的想法。她觉得如果此时此刻她处于文彦博的处境，一定不会做得更好。

这个男人既是骗子，也是一位伟大的父亲。

文彦博说："可以扶我坐起来吗？"

许杏儿照做了，结果文彦博疼得龇牙咧嘴，他感觉像是有一把刀子插在自己的腹部，而自己每次移动，都会让那把刀子开始旋转。

"我昏迷了多久?"

"十二个小时。"

文彦博痛得满头大汗,但仍挣扎着想要站起来,"我要去找南南。"

他因为疼痛而扭曲的面容,令许杏儿忽然感到有些心痛。她用力按住了他的肩膀,"去哪儿找?"

"不知道……但我一定要去找。"

"我会帮你!虽然我没有抓到陈,但还是找到了一些其他线索,你先安心养伤。"

文彦博还是不放心:"发生了这种事情,万一陈背后的人打算对南南不利呢?"

许杏儿居高临下地看着文彦博,坚定地说道:"相信我,南南一定会没事的。现在伤害南南并不能为他们带来任何意义,甚至还会让他们失去一个筹码……我会把你还活着的消息散播出去,如果他们没有放弃你,就一定会再联系你。"

"可是……"

"没有可是,你现在只能选择信任我。"许杏儿松开了手,她说,"记住,你别无选择。"

文彦博的内心在剧烈地挣扎着,他无比担心南南,但因为身体原因又实在无法行动。这种感觉就像是一个瞎子的面前放着一幅传世名画,更像是让一个没有舌头的人品尝一道绝佳菜肴。

许杏儿安抚说:"别担心了,接下来的事情就交给我吧。"

随着文彦博为她挡住了那颗子弹,她已经不知不觉地放下了防备,全部心思都放在如何救出南南以及揪出幕后黑手两件事上面。

在许杏儿看来,文彦博和南南是整件事中最无辜的两个人。幕后的人派出了陈，而他们的目的是父亲留给自己的箱子以及密码，其实这一切都与文彦博无关。

她曾经因为文彦博决定害她而感到愤恨，但是在得知文彦博暗中给她传过视频之后，这份愤怒便烟消云散。文彦博已经做得足够好了，他在努力地不伤害到任何人，同时还要时刻牵挂着女儿的安危。

可以说许杏儿感到有些庆幸，幸亏陈胁迫的人是文彦博，如果是其他人，那后果不堪设想。那个人不是文彦博，或许不会给许杏儿任何提示，她现在已经失去了箱子，甚至失去了生命。

许久后，文彦博终于认清了现实，点头说："我信任你。"

许杏儿笑着为他擦去额头的汗水。

当她听到那句"我信任你"的时候，心里生出一种奇妙的感觉……似乎她渴望这一天已经很久很久……就像是一只鸟儿在天空飞了无数的时光，最后终于找到了一棵能够停靠的树木。

"谢谢。"许杏儿的声音低不可闻。

她收拾好自己的情绪，"已经很晚了，你好好休息一下，或许明天醒过来的时候南南已经回来了。"

文彦博看着许杏儿关掉了卧室的灯，突然开口说："你……能留下来吗？"

"嗯？"屋里的月光很暗，所以许杏儿看不清他的表情。

"我的意思是……可能我需要人……照顾一下……呃，你可以找个护工帮我吗？"

许杏儿先是一愣，然后露出一个古怪的表情，就像是在压抑着自己的笑意。

她坐回床边的椅子上，拉住了文彦博的手，说道："睡吧，我不会走的。"

男人偶尔的软弱，令女人感到怜惜。

或许是因为难堪，文彦博什么也没说，只是默默地躺好……许杏儿趴在床上，攥着他的手，感受着指缝间蔓延着的温度，忽然感到无比疲惫。毕竟她长期失眠，一直休息得都不是很好。

许杏儿觉得很困很困，她隐约听到文彦博的声音在耳边响起，但却提不起精神听清……

人和人之间的情绪情感是相互的，当一个人信任了另一个人，那么另一个人也就很容易自然而然地信任他。

说来可笑，一些追求不到的事物往往需要用给予换取。

文彦博因为南南不得不信任许杏儿，而就是这份信任，让许杏儿放下了防备……让她不由自主地亲近文彦博。

这一刻，文彦博已经等了太久太久。

【3】

舍身挡枪，文彦博是一个救美的英雄。

腹部中弹，文彦博是一个虚弱无害的伤员。

心系南南，文彦博是一个忧心忡忡的父亲。

这就是他在许杏儿心中的模样：英雄、伤员还有父亲，看起来就像一个完全无害，甚至可以说有些伟大的男人。于是许杏儿情不自禁地放大了对他的好感，逐渐放下防备，变得信任。

文彦博苦心经营许久，终于等到了这一刻。

许杏儿趴在床边，神志不清，已经来到了梦境的边缘。而这种精神恍惚的状态，正是最适合进行催眠的时刻。

原本已经满盘皆输，要把救女儿的希望也完全托付他人的文彦博，借着月色看着许杏儿的脸庞，缓缓张开了嘴。

"放松你的呼吸，放松你的身体……放松每一个部位……你会回到那个熟悉的梦境之中……"

他，居然在催眠许杏儿！

卧室中回荡着文彦博的低语，许杏儿的呼吸随之变得越来越沉重，最后突然停止，在急促地喘息数次之后，再度变得绵长。

文彦博将目光转移到了天花板上，舒了口气。催眠，终于成功了，而且是在许杏儿毫无知觉的情况下完成的。

南南，等我。

文彦博收回思绪，轻声问道："你在梦里看到了什么？"

许杏儿微微张嘴，无力地回答说："一个游乐场。"

文彦博说："我就在你身边，你看到了吗？"

许杏儿没有反应。

"文彦博站在你的左侧，拉着你的手，手心的温度有些烫。他穿着白色衬衫，胡子刮得很干净……"

跟随着文彦博的描述，处于催眠状态下的许杏儿竟然真的看见了文彦博。

她的梦境，终于有了变化。

许杏儿在梦中睁开双眼，犹豫着转过头，眼中既有期待又有失望。然后在她看到那个人的时候，所有失望如同被火焚烧的柳絮，瞬间燃尽，消失得无影无踪。

文彦博变成了十年前的样子，他的笑容温暖，他的身体带着阳光的气息。这些曾是许杏儿梦寐以求的。

许杏儿说："我不会是在做梦吧？"

文彦博笑着摸了摸她的额头，然后又摸了摸自己的："没发烧啊，说什么胡话呢。"

"你竟然……真的来了。"

梦中的许杏儿也还记得，十年前她即将出国的前一天，曾经邀请文彦博来游乐场见面。她想要在离开前表明自己的心意，也想挣扎着最后问一次，他是否愿意陪着自己一起离开。

可是她清楚地记得，那天文彦博并没有来。偌大的游乐场，人来人往，只有她一个人，形单影只。

文彦博说："喂，没事吧你，难道是要出国了所以有点紧张？"

许杏儿摇了摇头，马尾辫左摇右晃，让她感觉自己变得愈发年轻，仿佛真的回到了十八岁那年。

文彦博："对了，你找我来不是有要紧事吗，该不会就是陪你坐一次观览车吧？"

许杏儿已经分不清虚幻和现实，她挣扎着，左右为难，最后重重地吐了口气，心想就算这只是一场美梦，那也够了。

于是她微微仰起头看着文彦博，一字一句地说："你要不要跟我一起出国？"

文彦博的表情顿时凝固。

随之凝固的，还有许杏儿的心。

她能感到自己的心脏正以前所未有的速度震颤着,她甚至开始觉得,如果文彦博没有来这里赴约,自己也就不必如此。

梦里的两个人变得年轻,心灵的悸动也重新活跃起来。

在长达五秒的等待之后,许杏儿觉得身心疲惫,仿佛已经等了五年。

而文彦博终于给出了他的回答:"你是认真的?"

许杏儿重重点头:"嗯!"

"你确定不是小女孩一时的心血来潮?"

许杏儿看着眼前的男人,无比确定地说道:"我确定!"

文彦博挑起眉毛:"那好吧……"

许杏儿开心得快要昏厥。

"我再想想。"

少女的心重新沉入谷底,不过虽然有些失落,却并未完全失望。

她拉着文彦博的手,开始叽叽喳喳说个不停,关于出国要做什么、国外的心理学有多么先进……

"我跟你说,国外的催眠学超级厉害,最近又兴起了Omni催眠和量子催眠,你肯定会感兴趣的。至于钱的问题你也不用担心,我会拜托我爸搞定!"

文彦博:"你还知道这些专业名词?"

"当然啦,其实我也很喜欢心理学的,这是为了和你培养共同语言!我可不想你说什么我都听不懂,像个没头脑的人一样。"

"可真是辛苦你了。"

"那你同意跟我一起走吧,好不好嘛!"

文彦博露出一个宠溺的笑容:"好。"

听到那个字的瞬间,许杏儿感到大脑一片空白,眼前也变得一片漆黑。

是梦要醒了吗？

她忽然感到不舍，不想要从梦中醒来。如果文彦博真的说了那个字，她宁愿永远活在梦中。

"你困了？"熟悉的声音在耳边响起。

许杏儿无奈地睁开眼睛，眼中既有期待又有恐惧，那个男人总能让她变成这样。

而当她看到身边的男人时，悬在半空中的心终于落下。

文彦博关心道："晕机？还是昨天没睡好？"

许杏儿打了个哈欠："我没事，就是有点激动，所以睡得晚了点儿……"

"不用担心，我会照顾好你的。"

许杏儿的目光越过文彦博，穿过飞机的窗，看到了外面的云。不知为何她隐约记得，自己曾孤身一人坐着同一架飞机去往国外，那一次她感到孤单而且绝望。

而这次完全不同，她感到温馨而心安。

"要不要睡一会儿？到那里还要很久的。"

"想睡，但我睡不着。"

文彦博摸了摸她的头发："试试催眠吧，一定能让你睡个好觉。"

许杏儿本能地犹豫了一下，但随后便点头同意了。她轻车熟路地调整了一个舒服的姿势，闭上眼睛，然后跟着文彦博的指导去放松自己。

在催眠的梦境之中，许杏儿又一次被文彦博所催眠。

现实中，文彦博已经满头大汗，他的手甚至因为紧张而不由自主地颤抖着。

在催眠中"催眠"，会发生什么？

其实文彦博从来没有做过类似的事情，因为在普通的催眠治疗中，并不需要这样深层次的催眠。但是为了让许杏儿在不知情的状况下交代出箱子的下落及密码，他必须如此。

文彦博只是大概知道，当一个人被催眠到了最深处，就会来到一个原始的层面，那里叫作原始梦境，也可以称为野蛮梦境。

那是人类潜意识的最深处，它甚至已经不属于个体潜意识的范畴，而属于集体潜意识。在那里没有什么实际的事物，只有无边无际的荒芜以及意象。

当所有实体全部被抽象化，就构成了原始梦境。

坍塌的空间，融化的时间，空气中弥漫着看似无意义的各种符号，就像是一条条草履虫。这里像是一片荒漠，但脚下踩着的又不是沙子，而是一颗颗珍珠状的圆球。远处看圆球的时候是五颜六色的，捡起一颗放在眼前的时候发现里面是一个世界。

许杏儿弯腰捧起一手"珍珠"，注视着其中纷乱复杂的景象，然后又将它们随手扬起。那一刻，有无数世界烟消云散。

少女赤着脚走在沙滩上，然后看到了一片湖泊。她伸手触碰湖水，发现它是黏稠的，如同细细的沙泥那般柔软，于是她用手指蘸起一点湖水，点在了自己的眉间，随即发现那不是湖水，而是流动着的时间。

眉心处的时间开始流转，少女坐在沙滩上，看到火红色的天空边缘飞来了一只没有翅膀的鹰。

鹰的嘴里含着一粒糖果，糖果的味道又甜又酸又苦，什么味道都有。少女很想要它，于是她挥手，鹰冲着她飞来。

但一人一鹰即将相遇的瞬间，鹰却又回到了红色的天边。少女眨眼，鹰在眼前；少女再眨眼，鹰又在天边。它距离自己忽近忽远，少女永远无法品尝到它口中那颗充满世间万种滋味的糖。

少女不感到失望，在这里她没有情绪。她追着天空的鹰，然后遇到了一头独眼的熊。熊的手里拿着一根长矛，那是一根断掉的时针。

熊递给少女一罐蜂蜜，那是它的积蓄。少女抱着沉甸甸的蜂蜜罐继续前行，然后遇到了许许多多的蛇，那些蛇长着人的五官，口中吐出来的却是蛇信。它们想要吃掉少女，于是少女不停地跑。

脚下的珍珠变成了锋利的三角形，它们将少女的脚底刺破，但流出来的不是鲜血，而是一团又一团的火焰。

终于少女跑不动了，她来到了一棵大树下。这棵树很大很大，树枝上挂满了动物的尸体。少女觉得有些饿，她想要吃一口蜂蜜，却发现罐子无法打开。这时有条黑色的蛇追上了她，并且盘在了她的小腿上。

它没有说话，但少女知道，它可以打开蜂蜜罐。可是少女最终拒绝了蛇，将蜂蜜埋在了树下。

她背靠着树干，树上的尸体如风铃般轻摇。她脚下流出的火留下了一条火径。空中的鹰依然若即若离，盘旋在少女头上，盘旋在天边。黑色的蛇不愿离去，徘徊在少女身边，身躯时而变得极长，时而变得极短。

少女得不到糖果，只好捡起一粒重新变成了圆形的珍珠，放到嘴里，然后它就变成了糖果。

好苦。

她觉得倦了，于是用手指擦去了眉心处的那抹时间。

【4】

梦境里的许杏儿蓦地惊醒,发现自己坐在飞机座椅上,文彦博就在身边,已经睡去。

梦境外的许杏儿再度惊醒,发现自己趴在床边,文彦博就在身边,已经睡去。

她只觉得自己做了一场甜蜜的梦,又在梦中做了一场光怪陆离的梦,除此之外只觉得疲惫。

许杏儿最后深深看了文彦博一眼,然后重新睡了过去。

仿佛,这一夜什么都没有发生。

【5】

他和她就像是天生相反的一对存在,一个在南的时候一个在北,一个心动的时候一个心如死灰,一个鼓起勇气前进的时候一个后退……

一个睡去的时候,一个醒来。

随着许杏儿的呼吸声变得均匀,文彦博悄然睁开了双眼。他的眸子映着月色,散发着银白色的亮光。

这个男人的脸上没有表情,没有记挂南南危时的焦急,也没有做心理咨询时的微笑。他所经历的一切,以及做出的选择,早已让自己的心变得麻木起来。

现在是自己唯一没有遭受监视的时刻，于是他立即给吴瑶发送了一条长信息，其中有许多南南被绑架的线索。

随后他关掉手机，开始准备做下一件事。

腹部突然传来撕裂般的剧痛，文彦博的呼吸变得有些粗重，但他忍着不发出任何声音，以免惊醒好不容易熟睡过去的许杏儿。

文彦博艰难地坐起身子，然后尝试着站起来，没想到双脚碰触到地面的那一刻，疼痛才真正彻底爆发。他痛得几乎直不起腰，双腿也无力地打着颤。

可他没有倒下，他依然坚持着站了起来，他仿佛听到了女儿的声音在耳边响起：

爸爸，爸爸……

文彦博咬紧牙关，然后缓缓挺直了腰，此时此刻他的额头上已经汗水密布。

这时候，沉睡的许杏儿忽然发出一阵梦呓，看样子她应该是做了另一场梦吧。

文彦博蹑手蹑脚地向着卧室门口走去，即将离开的时候却突然停下了脚步。他微微回头，听见许杏儿正轻轻喊着自己的名字：

文彦博，文彦博……

文彦博最后深深地看了许杏儿一眼，心想或许这是这辈子最后一次相见了。

他情不自禁地开口说道："对不起。"

然后，男人拖着受伤的躯体离开了这间卧室。他离去时的背影显得那样决绝，仿佛此去一别，便是永别。

随着文彦博的离开，许杏儿似乎仍然没有醒来，但衣袖却湿了大块。泪水最初是温热的，随即便凉了下来……正如她的心。

是不是这世上没有信任，也就没有背叛？

许杏儿找不到答案。

深夜的许宅安静到压抑，就像是它的上一任主人，许震死了，许宅也变得死气沉沉。只是在文彦博离开的时候，他没有留意到来自身后的一道目光。它不属于"熟睡"中的许杏儿，而源于许宅的另一个女人。那道目光深邃且遥远，仿佛暗藏着一个不能与外人说的故事。

一辆黑色的车子停在路边，文彦博出现在道路上的时候，车子的门也被人推开了。

熟悉的车，里面是熟悉的人。

文彦博坐在副驾驶的位置上，脸色苍白，他用力地呼吸着，仿佛只有这样才能让他坚持下去。

车子启动，开车的人看起来同样狼狈。

陈说："为了完成你的这个计划，我们可是吃了不少苦头。"

他的确吃了不少苦头，公然在游乐场进行枪击，无疑会引来警方的注意。幸好陈身后的那个人及时用某些见不得光的手段将这件事情暂时压了下来。

可是，没人知道，当时还有吴瑶亲眼目睹了一切。她已经将所有信息通知了警队，警方已经开始着手立案调查。在警方看来，箱子和密码都是许氏财团内部的事情，但文彦博的处境以及南南被绑架已经构成了犯罪事实，将人质解救是当务之急。

给吴瑶留下的那些线索，这一刻终于开花结果。文彦博虽然身受重伤，但其实已经完成了自救，他完全可以找个机会逃脱陈的监视。

但是他没有，因为除了南南被绑架一事之外，他还要追寻另一个答案——关于蒋重轻的答案。

文彦博低着头，虚弱地说道："一切都是值得的。"

陈终于露出了笑容："你成功了？"

文彦博："距离成功还差最后一步，只要分析一下许杏儿梦境中出现的意象，就可以找到箱子的下落和密码。"

文彦博还要继续说下去，却被陈打断了："停，后面的话不要和我说。"

"终于要带我去见幕后的人了吗？"

"是的，这些信息还要你亲口告诉他。"

"然后呢，你们会放了南南？"

陈犹豫了一下，然后点头说："会，我会把她完好无损地送回你家。"

文彦博甚至没有看陈的表情，只是从他的语气中就嗅到了敷衍的味道，于是只能重重地叹了口气，瘫软在椅背上，闭目养神。

陈开着车，驶向"终点"。

文彦博的思绪却回到了计划的开始。

和许杏儿所知道的"真相"不同，其实文彦博和陈的第一次相遇并不是在江大的课堂上，而是在前一天，文彦博的家里。

虽然时间和地点都不同，但上演的戏码却是大同小异的。陈利用南南威胁文彦博，要他催眠许杏儿找到箱子和密码。当时的文彦博深知许杏儿对自己并不信任，而且两人十年前复杂的情愫到现在也不确定还剩下几分。

于是他制定了一个异想天开的计划。

在江大的课堂上，他让陈再次要挟自己，并且将这一切录了下来暗中送给许杏儿。这样一来，许杏儿便知道文彦博其实是在帮助陈，但她却不知道另一件事……给她发视频的人也是文彦博，而陈也是知道这件事情的。

这是一场戏，每个人都在装傻。许杏儿明明早就知道文彦博的来意，却还要装傻以身试险，目的是找出幕后黑手。而文彦博也在装傻，装作不知道那段视频，装作认真地接触许杏儿，争取她的信任。

戏的高潮发生在游乐场，当许杏儿撕下面具，不再装傻。她以为从那一刻起，整个局面的主动权便全部掌握在她的手中。然而事实恰恰相反，从那一刻开始文彦博才算是真正掌握了全局。

许杏儿终于爆发了对文彦博的怀疑和愤怒，她认为文彦博背叛了自己。可是那声枪响、文彦博浑身是血的模样，再度让这些情绪有了反转。

与其说文彦博是一个催眠大师，倒不如说他是一个玩弄人心的专家。他自导自演了一场戏，戏里的许杏儿情绪千变万化，但都在他的意料之中。

等到最后，这些情绪情感凝聚成了一份珍贵的信任，文彦博也就达到了目的。

对于这个计划，从开始实施，到最后成功，陈的心情也经历了不小的转变。最初的时候他并不相信文彦博，也不认为这个计划能成功。但是不知道为什么，幕后的那位却很相信文彦博，并且坚持要他完成任务。

直到按照计划，他开枪击中了文彦博的腹部时，陈忽然有了一丝明悟。

这原来是一出苦肉计。

文彦博用腹部的伤换来了许杏儿的信任，也不知不觉得到了陈的一丝尊重。

陈在心中对文彦博下了定义：这是一个为了女儿可以豁出性命的父亲。

或者说，这是个亡命之徒。

他瞟了文彦博一眼，看到那个男人闭着眼睛，自己却不由自主地想起了课堂上的那次对峙。文彦博高高在上的模样，令他有些本能的恐惧，无来日的恐惧。

　　陈猛地摇了摇头，把思绪拽了回来，心想下一步只要把文彦博交给老板，就再也没有自己的事情了。至于那个女孩能否回到父亲的身边，这不是自己能够做主的。

　　老板向来不信任任何人，包括陈，所以就连陈也无法确定南南现在的处境到底如何。

　　闭目养神的文彦博不知道陈的复杂心思，他也无心去想。此时此刻他的心里满是对女儿的担忧……

　　虽然在江大的课堂上他和陈联手演了一出戏，但其中的内容却从未排练过。陈所拿出的那段录像，以及他在十分钟后取来了女儿的发卡和头发，都是文彦博不曾知道的。除此之外，他心中还有对许杏儿的歉疚。

　　他能够切身感受到许杏儿对自己的情感，微妙而且单纯。然而他却辜负了这一切。

　　有时候，戏里戏外，就像是梦和现实，分不清。

　　于是情感就有了交错。

　　文彦博记得每次给许杏儿做咨询的时候，她清冷的模样，也记得她打开心扉、逐渐绽放自我的姿态。

　　他记得那条毛毯上的香气，也记得死里逃生、睁开眼时，看到的她的面孔。

　　文彦博用信任换取信任，用心动换取心动，可他不是圣人，也不是僵尸。心动了，就很难再停下来。

　　可惜，他和她已经没有未完的故事了。

　　文彦博知道自己接下来将会面对一直藏在幕后的那个人，他将会揭露许杏儿最深处的秘密，找到那个箱子和密码。他也知道对方十有八九不会遵守诺言，能够拯救南南的，还是只有自己。

许杏儿帮不到他，他也不会允许自己把拯救女儿的希望交给别人。

对文彦博来讲，腹部中弹根本算不上什么死里逃生。接下来将要发生的事情，才是真正的死中求生。

幸运的是，在许杏儿的原始梦境中，文彦博得到了大量信息。这些都是他的筹码，也是底牌。

现在刚好是午夜时分，文彦博把头扭向窗外，然后微微睁开了眼。

他向着月亮许了一个愿：

能和女儿看到今天的日出。

尽管他知道，无论自己和南南能否看到，太阳都会照常升起。

第六章　幕后黑手

他以为父亲已经完全放弃了自己,甚至把那个向来不让别人触碰的箱子都给了许杏儿,却又把密码留给了自己。许为仁突然发觉,或许自己从来都没有看透过父亲的想法。

【1】

车子在城里兜兜转转，街上的人影越来越少，路灯显得越来越孤单。最后车子停下的时候，文彦博无力的颈部不由自主地前倾，随即醒了过来。

陈意味深长地看着他，说道："老板在里面等你。"

文彦博并不急着下车，他看了一眼车窗外的景象。这里应该已经是城郊了，因为窗外一片荒芜，只有一栋孤零零的烂尾楼。

这是一个杀人藏尸的好地方，如果文彦博死在这里，他的尸体绝对不会被人找到……而是背靠着水泥，化作白骨。

文彦博忍着腹部的剧痛，一瘸一拐地下了车，然后向着烂尾楼走去。夜晚的风有些凉，让他昏昏沉沉的头脑终于清醒了一些。他停在大楼的"门口"，面前没有门，只有一团黑色。

当他走进去之后，就会直面那个幕后黑手。

想到这里，文彦博忽然有些恐惧……他不确定南南是否还活着，自己又能否活下去。

陈按了两下喇叭，催促文彦博快一些，同时心里感到一阵快意。之前对于文彦博那种莫名其妙的恐惧在这一刻得到了释放，看到那个男人软弱犹豫的模样，真是一件快事。

没想到，文彦博突然回过头来，向着陈问了一句："经历了这么多，你现在相信催眠了吗？"

陈一脸愕然。

他还没来得及回答，文彦博又重新扭过了头，走进了那扇黑暗之中。他仍穿着蓝白条纹的病号服，投身于黑暗之中，就像是羊入虎口，也像是一滴清水落入墨汁之中，掀不起丁点涟漪。

陈盯着文彦博离去的方向，久久没有回过神来。

烂尾楼比料想中要大很多，里面混杂着水泥和钢筋的味道，它就像是人体的骨骼，只是没有鲜血和肌肉，所以显得更加原始、残酷。

文彦博往前走了很久，他的周围没有灯光，只有月色——透过没有玻璃的窗户，进入这里的月色……

他一边走，一边在心里盘算着下一步计划。

建筑里回荡着文彦博的脚步声，终于他来到了一处天井，然后停下了脚步。前方已经无路可走，他抬起头，发现四面全部都是高耸的楼层。

文彦博的呼吸因为疼痛而有些急促，他侧耳倾听，隐约听到了音乐声，似乎是有沉重的鼓点，也有吉他……但是声音并不清晰，也无从分辨方向。

就在文彦博抬着头，努力寻找着声音来源的时候，突然一道亮光从楼上闪过。文彦博的眸子蓦地一缩，随后传来一阵玻璃碎裂的声音，在寂静的烂尾楼中仿佛爆炸。

正聚精会神寻找着音乐声的文彦博毫无心理准备，被那阵巨响吓得出了一身冷汗。

随着声音轰鸣的同时，整栋大楼的灯光亮了起来。

这座只有骨骼而无血肉的建筑，终于赤裸裸地呈现在了文彦博面前。

随之一同出现的，还有站在楼上的那个人影。他的手仍然保持着托举的姿势，看来刚才就是他扔下了一只酒杯。

有些麻木的文彦博终于从巨响中回过神来，他轻轻摸着自己的脸颊，那里被玻璃碎片擦过，留下了一道浅浅的伤口。

楼上的人和仰着头的文彦博对视片刻，然后突然转身，沿着楼梯缓缓向下走来。

轻快的脚步声开始回荡，他说："不好意思，刚刚在听音乐，所以没注意到你已经来了。"

文彦博没有说话，他的头脑正疯狂地运转着。

"你感觉这栋楼怎么样，虽然没有盖好，但是在我看来，它反而因此更加像是一件艺术品。"

文彦博紧盯着那道缓缓向自己走来的身影。

"不瞒你说，原本这栋楼是要建成一栋大厦的，而且附近的这一片也会被我开发成崭新的商业区。可惜，我现在已经没有这个权利了。"

幕后黑手终于从幕后缓缓走出，露出了他的面孔。

他长得并不狰狞，也没有獠牙。相反，他笑起来的模样就像是一个阳光男孩，甚至让人感觉有些没心没肺。

可是文彦博知道，这个人的城府，要比这栋烂尾楼更深！

"又见面了，文先生。实在是想不到，你现在狼狈得像是一只老鼠。"许为仁笑着伸出了手。

文彦博没有理他，整个人如同雕塑一般站在原地，脸色苍白。

许为仁撇了下嘴，有些尴尬地收回手，然后从角落里扯过来两把破破烂烂的椅子，把其中一把放在了文彦博的身后。"请坐，我们许家可没有让人站着说话的规矩。"

说完，许为仁把另一把椅子放在文彦博的对面，然后自己大咧咧地坐了上去。

文彦博随之坐下。

许为仁跷着二郎腿："你看起来并不惊讶。"

文彦博面无表情："我早就料到了是你，只是不敢确认。"

"哦，为什么呢？"

"知道许杏儿对我有好感这件事的人，并不多。"

"也对，尤其像我这种十年前就知道这件事的人，那就更少了。"许为仁笑眯眯地继续说道，"可真是没劲，我原本以为会吓你一跳的。"

文彦博："你扔下来的那只酒杯已经足够吓人了。"

"哈哈，你说话总是这么有趣。"许为仁笑着笑着，他的眼神突然冷了下来，嘴角的笑意也转瞬即逝，整个人的气质顿时有了翻天覆地的变化，"十年前你就是这样……这样的，该死。"

文彦博却没有丝毫的变化，也不为许为仁的变化感到惊讶，仿佛他早就知道许为仁有着这样不为人知的一面："说实话，我一直不明白你为什么对我抱有敌意，从一开始的时候就是这样。"

"有时候一个人讨厌另一个人，是不需要原因的。"许为仁把椅子往前蹭了蹭，盯着文彦博的脸说道。他的表情凶恶，好像恨不得立刻把面前的人生吞活剥了一般。

"不，一定有原因的，只是你没有意识到，或者不愿意说。"

"你知不知道，你说这种话的神态更让人火大。"

文彦博："是吗？那可真是抱歉。"

"你还真是镇定自若啊。"许为仁身体前倾，一点一点逼近着文彦博，但文彦博始终低着头，脸上没有任何表情，"可你别忘了自己现在的处境，你没有资格保持镇定！"

许为仁忽然伸手狠狠按在文彦博的腹部，他露出一个扭曲的表情，将额头贴着文彦博的额头。

"你知道吗？现在你的身上还有她的味道。"许为仁的手指继续用力，文彦博腹部的伤口已经撕裂，鲜血透过了衣服，就像是开了一朵花。

文彦博用力地攥紧拳头，"我想我知道你为什么讨厌我了。"

"嗯，为什么？"

"许杏儿。"

话音刚落，文彦博感到腹部一阵轻松，可接踵而来的是更加猛烈的疼痛。

许为仁重重地冲着伤口处打了一拳，文彦博顿时痛得弯下腰来，几乎从椅子上跌落。

"我不想从你的嘴里听到她的名字，这感觉实在是太糟糕了。"许为仁收回拳头，然后掏出一块手绢仔细地擦拭着指头上的血渍。

文彦博咬紧牙关，他捂着腹部，挣扎着重新坐直。

"一想到你在我家留宿，她甚至还照顾过你，我就觉得……想杀人。"许为仁说出"杀人"两个字后，忽然忍不住"扑哧"笑了出来，"哈，我这么说可真幼稚，是不是？"

文彦博丝毫不觉得幼稚，他知道自己的生命随时可能交待在这里。

许为仁笑嘻嘻地说道："接下来我们聊聊正事吧。按照你的计划，大约十二个小时前，你就会脱离我的监视……当时陈可是极力反对的，但是我选择信任你，你知道为什么吗？"

文彦博："因为南南。"

"知道就好，那么现在，你是不是应该为我对你的信任做出回报了呢？"

"在这之前，我想要确认南南的安全。"

"为什么呢？"

"为了实施这个计划我花费了太多时间……算是一个父亲的请求，我想要看南南一眼……"

许为仁："你说的也有点道理哦。"

文彦博："求你，哪怕只能听到她的声音也可以。"

"你确定？"

"我确定。"

许为仁掏出手机，笑道："那好，我让陈给你送一根南南的手指头过来。这玩意儿可比头发有纪念意义多了。"

他笑着说出了一句残忍至极的话，文彦博先是愣了一下，然后猛地回过神来，大声说道："不要！"

许为仁已经拨通了陈的电话。"这不是你的请求嘛，我怎么能不答应呢。"

"不，我不要见南南了，你不要伤害她！"

陈接起电话，说道："老板，您有事？"

许为仁没有说话，而是看着文彦博，笑容中透着残忍。

终于，文彦博跪在了许为仁的身前，他的额头重重磕在地上，声音带着哭腔。

"求你不要伤害南南……不要伤害南南……"

文彦博的额头一片青紫，渗出血丝。

许为仁挂掉电话，发出一阵歇斯底里的狂笑。

许久，他笑得面部肌肉都变得麻木了。"现在，告诉我箱子在哪儿，密码又是什么，并且你要把原因说得明明白白，否则……你明白我的意思。"

原始梦境中出现的事物是抽象的，里面的苹果放在现实中一定不会也是苹果，而是另外一种物品。

文彦博在许杏儿的原始梦境中找到了许多意象，如何找到这些意象在现实中指代的事物，就是破译梦境的关键。

装着世界的珍珠、沙泥般的时间、没有翅膀的鹰、鹰口中的糖果、手持时针的独眼熊、一罐蜂蜜、身躯时长时短的蛇、挂满尸体的树……

许震留下的箱子和密码，就隐藏在这些意象之中。

在说明释梦的基本原理之后，文彦博开始对重重意象抽丝剥茧。许为仁罕见地表现出一丝凝重，一言不发地听着文彦博的分析。

珍珠被踩在脚下，表面看来如砂砾，数量近乎无限，拿起其中一颗的时候却发现里面是一个完整的世界——这代表着许杏儿的记忆，珍珠之中的世界都是她过往记忆的一幕幕。最后她随手扬去手中的珍珠，说明她对过去并不珍惜，也毫无留恋。

梦中的河代表着时间，在它出现之前，原始梦境之中没有出现任何生物，也就是具象意义较为明显的事物。但是当许杏儿沾了一点软泥在眉心之后，便有各种生物出现。这说明她在开始用大脑回忆过去，追溯时间。

文彦博说道："而接踵出现的生物，代表着的应该是现实中的人们，而且往往是最重要的人。"

许为仁点了点头："说得还蛮精彩的，我不会质疑你，前提是你最终能分析出我想要的信息。"

没有翅膀的鹰，它距离许杏儿总是忽近忽远，口中还衔着一块糖果，文彦博认为它所指代的人应该就是自己。没有翅膀可能是因为文彦博失去了家庭，而且还受了伤。至于糖果，那颗有着无穷味道的糖果，指代的是爱情。

独眼的熊，这个意象是强壮的，而且凶残。他手中持有断掉的时针，这直接暴露了它的真实身份。因为时针代表时间，而断裂只有一种可能，就是死亡。所以熊代表着现实中已经去世的许震，那么它给了许杏儿的那罐蜂蜜，自然也就代表着……箱子。

许为仁追问道："那么箱子到底在哪里？"

文彦博不紧不慢地继续分析着：原始梦境中，许杏儿在得到蜂蜜之后，她的前行就变得困难起来，脚下的沙子由圆润变得尖锐，说明她时常被回忆刺伤。脚底流出的不是鲜血，而是火，这说明她回忆过去的时候感到愤怒。

与此同时，还有许多蛇在追赶着她。蛇的意象往往代表着欲望，这说明在许杏儿得到蜂蜜之后，吸引了很多觊觎着它的人。

最终许杏儿遇到了一棵挂满尸体的树，并且将蜂蜜埋在了树下。

许为仁："所以说那棵树就是箱子的埋藏地点！那么那棵树到底代表什么！"

文彦博："树上挂满了尸体，而原始梦境中的生物代表着现实中的人，所以说这棵树代表着现实中的……"

许为仁脸色一沉："墓地。"

文彦博："许震的遗体最后是怎么处理的？"

"母亲死后执意要把自己葬在公墓，所以父亲死后的骨灰也送到了那里，和母亲埋在一起。"

"那就没错了，箱子就在墓地。"

许为仁感到一阵嘲讽，自己苦心寻找的箱子，居然被许杏儿一直放在了一个他唾手可得的地方。

不过他很快就从这种情绪中摆脱出来，继续问道："还有密码，打开箱子的密码又是什么？"

文彦博反问道："首先要确定一点，箱子真的有密码吗？许杏儿的原始梦境中并没有出现关于它的信息。"

许为仁的手情不自禁地攥紧："我确定，父亲临终前亲手把箱子交给了许杏儿，我在一旁看得清清楚楚，那是一个密码箱。而且这个箱子之前一直放在父亲的书房里，我早就接触过它，箱子是特制的，输错密码达到一定次数或者受到外力破坏，箱子都会自行销毁里面的东西。"

"那许震和许杏儿说了什么吗？"

"他要许杏儿保存好箱子，还说里面装着关乎许氏财团生死存亡的东西，不到万不得已的时候绝对不能打开。"

"那他有没有给你留下什么？"

许为仁回忆起许震临终前的那一幕，说道："之后他把我唤到了身边，在我耳边说了一句话。"

文彦博："什么话？"

"没听清，即便是听清了，你觉得我能告诉你？"

文彦博仍然跪在地上，他的额头一片青紫，腹部有着大块血迹，看起来无比狼狈。但突然之间，他身上的气质有了一种微妙的变化。

他费力地撑起自己的身体，重新坐回到座位上，大口地喘着粗气。许为仁冷冰冰地看着这一幕，并没有阻止，也没有继续向文彦博施暴。

文彦博虚弱地说道："让我们回到许杏儿的原始梦境里……她说她曾经想要打开蜂蜜罐，但却发现自己无法打开，这变相说明她其实并没有打开箱子的密码……然而，有一条蛇却传递出它能打开箱子的信息。"

许为仁一字一句地问道："这条蛇是谁？"

"蛇盘在少女的腿上，说明它与许杏儿是亲近的关系……它的身躯时而变得很长，时而变短，长短的概念或许代表着年龄，说明少女和它是从小一起长大的……这么说来，蛇代表的人显而易见。"

许为仁的瞳孔蓦地缩小："是我？"

文彦博："蛇同时象征着欲望。距离许杏儿很近，同时又带着强烈欲望的人……除了你之外，我想不出其他人。"

许为仁："为什么不能是你呢？"

文彦博苦笑道："如果密码真的在我这里，我有必要兜这么一个圈子吗？"

听着文彦博解释完许杏儿的原始梦境，许为仁陷入了沉思。

说白了，这又是一个信任的问题。

文彦博利用催眠套出了许杏儿的原始梦境，而对梦境的解释太过光怪陆离，这让许为仁一时间难以接受。

但许为仁其实很清楚，文彦博的解释虽然看似天马行空，却与现实不谋而合。

母亲虞小青在许为仁的印象中一直是个孱弱的女人，而且不久之后就去世了。隐约记得她临终前最大的心愿，就是下辈子嫁给一个普通人，过一段普通的生活，所以她执意要将自己葬在公墓，这样才会让她心安。

有了虞小青的因，便有了许震也葬在墓地的果。挂满尸体的树下埋着蜂蜜，公墓藏着箱子——许为仁对于这一点已经从将信将疑变成了八九不离十。

另一方面，文彦博说许为仁就是梦境中的那条蛇，他也没有多大的意见。只是许为仁一直以为自己将对许杏儿的那份情感隐藏得很好，没想到许杏儿却早就知道了。

现在许为仁面临着两个选项：第一个是不信任文彦博，推翻他的扯淡言论，但这样一来箱子和密码也就无从得知，回归到了一片未知的状态。

第二个选项则是信任文彦博，箱子就在公墓，而密码……就在许为仁自己手中。

这两个选项，其实并没有给许为仁留下选择的余地。

他渴望得到箱子里的东西，那么他就只能选择相信第二个选项。

也就是，信任文彦博。

文彦博没有看许为仁的表情，但他知道，许为仁只能选择信任自己。

而这份信任，等同于一份生机。

沉默了很久，许为仁终于开口说道："你的意思是，父亲临终前对我说的那句话……其实就是打开箱子的密码。"

文彦博说："是的。"

"你觉得我会相信这种荒唐的说法吗？"

"你我是否相信都不要紧，因为真相就是真相。许杏儿的原始梦境不会存在欺骗，她打不开蜂蜜罐就是打不开密码箱，而她认为密码就在你的手中，这一点也是绝对真实的。"

许为仁微微抬起眉毛，双眼空洞无神，让人摸不透他在想什么。

他要文彦博从许杏儿那里找到箱子的密码，可最后许杏儿给出的信息却是：密码一直在他自己手里……

许为仁努力回想着许震临终前的那一幕，他把自己唤到跟前，然后在自己的耳边说了一句含混不清的话。

当时的许为仁心情极度复杂，因为父亲先是把继承权转移到了许杏儿那里，然后又把书房里放了很久的神秘箱子给了许杏儿，这让许为仁感到难以理解，还有怒不可遏。所以许震临终前努力说出的那一句话，他看在眼里，却没能记得。

如果那句话真的是密码,那对许为仁将会意味着太多。

他原本被当作继承人培养十余年,最终继承权却转嫁他人。他以为父亲已经完全放弃了自己,甚至把那个向来不让别人触碰的箱子都给了许杏儿,却又把密码留给了自己。

许震到底是什么意思?

许为仁突然发觉,或许自己从来都没有看透过父亲的想法。

【2】

同一时刻,同样的想法,同样困扰着许杏儿。

女人面容憔悴,脸上还带着哭过的痕迹。文彦博离开不久后,她就独自醒了过来,失魂落魄地来到了书房。

许杏儿麻木地找到第三盘录像带,然后打开电视机开始播放。屏幕透着蓝色的光,映在女人的脸上,透着诡异,还有凄惨。

她不是没有怀疑过文彦博,即便那个男人帮她挨了一记子弹,但是内心深处对他的好感最终让她选择了信任。所以她会睡在男人的床边,睡得那样毫无防备,就像是一个赤裸裸的婴儿。

发呆了一段时间之后,许杏儿擦了擦酸痛的眼睛,忽然变得不再悲伤。她已经看透了文彦博的计划,换言之,也弄清楚了自己在他心中的地位。

那些令她意乱情迷的虚假爱情,不过是他局中的重要筹码罢了。

但是，谁输谁赢，谁是庄家……

尚未可知。

许杏儿的气质焕然一新，之前的伤心荡然无存。不过当她看到录像带里的内容之后，却陷入了前所未有的疑惑当中。

就像是许为仁不明白父亲为什么会突然改变继承权，留下了箱子这个难题，却又把密码交给了他。

他和她，都是许震的孩子，却也都看不懂父亲。

电视机的画面回到了另一个时间。

第一盘录像带中的蒋重轻和许震正处于年轻气盛的时候，第二盘录像带中的两人则是步入中年，脸上多了几分沧桑。

而最后一盘录像带，他们都老了。蒋重轻本身就要比许震大上几岁，电视里的他已经头发花白，不过精神看起来还算不错。

许震则刚好相反，他的头发仍是黑色的，可是精神却十分萎靡。

对于许杏儿来说，这副模样的许震她更加熟悉，因为父亲临终前就是这样，只是更加虚弱。

时隔多年，两个老人如年轻时那般，坐在相同的位置，用着相似的姿势。

许震的面容清瘦了许多，双眼因此显得更加慑人，好像没有任何事情能够逃脱他的眼睛。也是因为这样，害怕许震的人越来越多，他们甚至不敢和他对视。包括他的儿子许为仁，这段时间也是尽量避免和父亲谈话。

只有两个人除外，一个是谭姨，另一个则是蒋重轻。

老师年轻的时候是戴眼镜的，年纪大了之后反而不用戴了，用他自己的话说，是老花眼抵消了近视眼。除此之外，当了半辈子的心理顾问，他的人生经历在晚年沉淀下来之后，让整个人显得沉稳、可靠，带着一种令人情不自禁去信任的气质。

许震的语气一如既往的嫌弃："和你说了多少遍了，要不就把头发染回黑色，要不就全都漂白了，把自己弄得跟个老叫花子似的，很好看吗？"

蒋重轻不以为然："咱俩审美不一样，我懒得跟你讨论。"

"你爱弄不弄，不过出去之后别说你是我的心理顾问，还当了半辈子，我嫌丢人。别人不知道的以为我有精神病，还找了个叫花子治自己。"

"我说你都一大把年纪了，就算是为了自己的身体，能不能积点口德。"

"不能。"许震像是一个老顽固。

蒋重轻叹了口气，转而问道："身体怎么样了？"

许震仿佛对自己的身体状况毫不在意："老样子，定时炸弹，说不定什么时候就炸死我了。"

"能不能少说两句晦气话！"

"不能。"许震依然顽固。

蒋重轻无奈地摇了摇头，无话可说。他和许震相识多年，名义上两人算是心理顾问和求助者的关系，但实际上却像是至交好友。

许震自从妻子去世之后，就一直都是孤独的。

而蒋重轻又何尝不是。他俩一个是冰冷的孤独，另一个则是温柔的孤独，但归根结底都是孤独的。

所以这段维持了将近二十年的感情更加显得弥足珍贵。

许震说："你用不着哭丧着脸，我是真的没什么活下去的动力了。能把财团做到今天这种局面，我也算是死而无憾了。为仁那个臭小子虽然有点窝囊，但这些年也算是熟悉了业务，财团上下都比较认可他。虽然他不是能继续扩大财团规模的那种人，但把这份基业守上一辈子，还是没问题的。"

许杏儿愣了一下,意识到父亲在这个时候仍然决心把继承权交给许为仁,而不是自己。那么后来到底发生了什么事情,会让他突然改变决定?

蒋重轻却说:"别装了,我实在是太了解你的性格了。你嘴上说没什么活下去的动力,貌似死而无憾,其实心里却不是这么想的。许为仁继承财团,他的下半生算是安排好了,但你可不是只有一个儿子。"

许震靠着沙发,双眼忽然没有了先前极具进攻性的神采,而是随着思绪飘到了很远的地方。

两人沉默了很久,许震突然摇了摇头,然后恢复了往常的神色。

蒋重轻无法理解,说道:"为什么?"

"你不懂。"

"我怎么不懂?"

"你家庭美满,肯定不懂。"

蒋重轻突然踹了一脚茶几,明显有些生气。

许震说:"你这人怎么年纪大了,脾气也见长。"

蒋重轻狠狠瞪了他一眼,压抑着情绪说道:"我有个外孙女出车祸了,你还记得这件事吧?"

"嗯。"

"之后我女儿就陷入了自责当中,一直缓不过来。"

"彦博这阵子不是在陪她吗?"

"是啊,陪好了,她却突然说要离婚。"

许震挑了挑眉,语气变得缓和下来:"可以理解,毕竟你女儿还年轻。"

蒋重轻:"我不用你开导我,我就是想告诉你件事儿。你的孩子已经长大了,她可以为自己的人生做选择了。蒋紫涵说离婚那就离婚,但彦博我是把他一直当儿子看的，这点改变不了。我和她当父女当了这么多年，各自想法不统一那就算了，毕竟她是我女儿……大不了以后各过各的。"

许震："我和你不一样。"

"哪儿不一样，是你长了四条腿还是你女儿长了八只眼，说白了不都是爹和女儿的那点破事儿！你妻子是死得早，我妻子就死得晚了？当爹的把女儿拉扯大是不容易，你以为当女儿的就容易了？"

许震把茶杯往蒋重轻那头推了推："今天怎么这么激动，喝口茶冷静冷静。"

蒋重轻喝茶的样子一点没变，重重地吸溜了两口之后，心情总算是平静下来，说道："毕竟老了，不像年轻那会儿，明明看你不顺眼还要附和着你的意思。"

许震忽然发出一阵感慨："青儿说过，她这辈子做得最正确的选择就是跟了我，最错误的选择也是跟了我。她爱我这个人，所以在我一贫如洗的时候就跟了我。但她没想到我会把财团做到这种程度，这人一旦有钱了，很多事就开始身不由己。"

蒋重轻低头喝茶，没有说话。

许震继续说道："后来啊，发生了不少事，我能感觉得到，其实青儿想过的是平淡的日子，但她一直在迁就我。可她越是这样，我就越是愧疚。你也知道的，她临终前留遗言非要把自己埋在公墓里头，和一大堆不认识的人当邻居，还说什么下辈子要当普通人，我要是不乐意就别去扰她生活了。其实我是反对的，可最后不也妥协了。"

蒋重轻："对，你是把她的骨灰放在公墓那头了，可你还单独买了个屋子供着遗像，就跟暴发户似的。"

许震有些不好意思："嘿，她想甩了我，我是绝对不会同意的。等我死了之后，我还要和她埋在一块儿呢。"

"你这人……真是……没法说。"

许震的神情罕见地透着温柔："其实在她临走的时候，还求了我一件事。"

"什么事？"

"她一辈子没和我说过'求'这个字，但是那天她突然求我说，既然有为仁继承财团，求我让杏儿过上普通人的生活。她还说：我这辈子跟了你，见惯了大风大浪，还好几次差点没了命，但杏儿是咱俩的亲骨肉，我求你保护好她，别把她卷到你的这些弯弯绕绕里。"

许震说着说着，突然湿了眼眶。"她说完这句话之后，手就凉了。有段时间我特别痛恨自己，我觉得是我害得她这辈子没能过上安稳日子。"

蒋重轻想起了第一次见面的时候，许震因为青儿去世饱受打击的模样。

许杏儿却想到了和父亲最后一次见面，他临终前将箱子交给自己的时候，眼中满是浑浊的泪。

那一刻他的心情一定是极其复杂的吧？

电视机中，许震哽咽着说："青儿一走，留下我这么一个不会当爹的人。我也不知道应该怎么照顾杏儿，更不知道到底要不要履行我对青儿最后的承诺。我承认我不是个合格的丈夫，也不是个合格的父亲，我到最后还是放不下事业。"

蒋重轻安慰说："你已经尽力了……"

许震把脸埋在手掌中，就像是年轻的时候，每当他想到妻子，就会想要哭泣，变得脆弱不堪。

他说："不，是我的错……我放不下许氏财团，就只能把女儿送到国外，还要让所有人知道，我很嫌弃她，嫌弃到不会有人想到用她来威胁我……只有这样她才算安全，青儿才能安心……"

许震的泪水从指缝溢出。

第六章　幕后黑手

许杏儿的脸上不知不觉间也挂满了泪珠。

母亲去世得早，留给父亲的嘱托是照顾好女儿，让她过上平凡但幸福的生活。父亲在当爹这方面是个稚嫩的人，不知道怎么做，于是只能用冷漠来保护女儿。

许震对许杏儿的每一次伤害，都是不由自主，也是无心。

这对单亲父女的关系，畸形而且晦涩。

但抽丝剥茧到了最后，剩下的……还是爱。

"所有人都觉得我真的不喜欢杏儿，甚至把她送到国外之后不闻不问……但我真的是那样吗？我是在害怕，如果我过多地关注她，也会有其他人因此关注到她……青儿已经走了，我绝不允许我的女儿发生意外……"

"唉，毕竟已经这么多年过去了。如果实在想她的话，不如就让她回来吧。"

许震没有回答，他的内心无比动摇。

蒋重轻说道："我能理解你对女儿的情感，可是有一点你有没有想过……从始至终，许杏儿的想法是什么？"

许震怔住，"什么意思？"

"你和虞小青都想让她过上平凡人的生活，你甚至不惜用疏远她的方法去保护她。可是许杏儿真的就想这样吗？她毕竟是你的女儿，身体里流的是你的血，你觉得她就一定会想要过着平淡的日子吗？"

"我……"许震一时无言，他发现自己真的从来没有考虑过女儿的想法。

蒋重轻继续说道："你这是典型的大男子主义，总觉得男人继承财团就是天经地义。但是许杏儿也算是我看着从小长大的，那孩子的心气可绝对不比同龄的男孩子差。"

"这不可能，女儿怎么能继承我的事业！"

"许震，女儿为什么就不能继承你的事业？"

许震一脸呆滞，他扭过头不想看蒋重轻，结果看到了放在角落的摄像机。

这对父女的目光，在这一刻穿越时间连接到了一起。

许杏儿从父亲眼中读到的信息很多。

他因为蒋重轻的话而感到震惊，眼中既有不屑，却也有怀疑，甚至还有悔恨……

女儿怎么能继承许氏财团呢？不，女儿为什么不能继承许氏财团呢？可是，如果女儿就能继承财团，自己这些年来的所作所为，包括他和妻子谋划的那起荒唐至极的事件，又算是什么？

许杏儿忽然回想起了自己在国外的最后一个晚上。

父亲问她说："你愿意继承我的事业吗？"

许杏儿泪流满面，她似是喃喃自语："我愿意。"

这句话既是对许震说的，也是对自己说的。

【3】

密码密码密码……

此时此刻，许为仁的脑海中满是密码和密密麻麻的往事，它们搅和在一处，让他的思绪越来越乱。

外表阳光，内心实则一片灰暗的男人坐在椅子上，双肘压着腿部，双手攥在一处。他的眼睛看着地面，仿佛是在数着地上有几粒灰尘。

文彦博忽然开口说道："你可以揪住某个线索不放，然后紧抓着它回忆过去，让过去的场景尽量清晰，保证每一个细节都可以想得到。"

许为仁没有理会文彦博，连头也没抬。但这并不意味着他没有听到文彦博的话，相反，他居然情不自禁地跟着他的指示去做了。

许为仁紧皱着眉头，努力回想着父亲临终前的场景。

人，很多人，许为仁已经几乎想不起那些人的面孔是什么样子。他只记得自己将耳朵俯在父亲嘴旁，父亲说话的时候很艰难，从他口中喷出的气令许为仁感到有些痒。

父亲的眼睛看着他，但他的眼睛却看着她……许为仁心里想着，许杏儿为什么会突然回来，并且继承了原本属于自己的一切。

他的思绪一团乱麻，许震说话的声音又太小，即便他仔细去听也不一定能够听得清。许为仁感觉父亲拽了一下自己的手，于是他把目光又放回了父亲的脸上。

许震神色有些古怪，透着一些内疚，那是许为仁从未见过的表情。他盯着父亲的嘴，看着它微张微合，但就是想不起父亲到底说了什么。

他似乎有点印象，但却无论如何也记不起来。

许为仁摇了摇头，目光重新回到了许杏儿的身上，自上而下地打量，最后落在了箱子上。

箱子箱子箱子……

那个箱子简直太熟悉了，许为仁在自己还是少年的时候就曾经见过它。那次他偷偷跑到父亲的书房里玩耍，小心翼翼地翻看着书房的抽屉，然后在书柜上看到了这个箱子。

它藏在一排书的背后。

似乎每个孩子都喜欢偷翻大人的东西，就好像窥探他人隐私的欲望与生俱来。许为仁没能压抑住自己的念头，踩着凳子取下了箱子。

那是一只通体纯黑的箱子，在把手旁边有一只圆盘，圆盘上刻着从零到九的数字。他不知道这个机关是干什么用的，于是打算尝试着拧一拧。

结果他的手指刚刚放在圆盘上，还未来得及用力转动，一只有力的大手忽然掐住了他的脖颈。

许震的语气冰冷到令人窒息，他说："松手。"

许为仁本能地听从父亲的指令，松开箱子的同时，一记火辣辣的耳光也印在自己的脸上。

多年过去，当时的疼痛已经淡忘，但内心对于箱子的好奇却越来越深。许为仁偏执地认为这个箱子应该与自己有缘，总在引诱着他去打开。

但他在那次挨揍之后便再也没有尝试过，因为父亲那天说过，箱子很特殊，如果连续输错密码或者受到巨大的外力，会立刻自毁。

真是个奇怪的箱子啊。

可是，里面到底装的是什么呢？

父亲没有告诉他，然后一脚把他踹出了书房，还嘱咐谭姨以后一定要锁好书房的门。

许为仁感觉自己又站在了书房紧闭着的门前，那里面藏着一个巨大的秘密，让他忍不住想要窥探。

秘密秘密秘密……

箱子里的秘密到底是什么呢？

父亲去世之后，姐姐许杏儿拥有了箱子，同时也拥有了书房。

许为仁仍然站在书房门前，但书房的主人已经面目全非。

他回忆着那天的事情，他记得自己没有敲书房的门，而是直接闯了进去。许杏儿明显被自己吓了一跳，因为她正仔细观察着父亲留下的箱子。

许为仁嬉皮笑脸地坐在姐姐身旁，同样盯着箱子看个不停，装作若无其事的样子问道："姐，里面装的到底是什么东西啊？"

许杏儿却摇了摇头。

"咋了，不能说？要是不能说我就不问了。"

许杏儿说："我不知道。"

"你该不会还没打开过箱子吧？"

"我不能打开它。"

"哦，也对，父亲说过不到万不得已的时候不能打开箱子。"

许为仁想起这段对话的时候，突然回过神来，许杏儿当时说的话现在看来有着截然不同的意味。

当时她说自己不能打开箱子，许为仁理解为是因为时机未到。而如果许震真的把密码交给了自己，那么许杏儿所说的不能，其实是她因为没有密码而无法打开箱子。

许为仁闭上眼睛，记起当时许杏儿的表情，她看向自己的眼神很复杂，似乎在说：密码明明在你那里，为什么你却要我打开箱子呢。

一、二、三、四、五、六、七、八、九……

许为仁的脑海中依次出现了九个数字，它们按照某种固定的规律旋转着，象征着他自己没能听清的密码……也象征着他对于密码在自己手里这件事的态度。

十。

他已经完全相信了这种说法。结合许杏儿之前的表现，以及她在原始梦境中透露的信息，密码确实就在自己这里！

兜兜转转了一个巨大的圈子，最后却回到了自己身上吗？

如果自己想不起来密码，岂不是竹篮打水一场空，即便得到了箱子也无法打开？

许为仁露出一丝苦笑，他松开紧紧交叉在一起的手指，那里因为过度用力的攥紧而有些肿痛。

他一面活动着手指，一面抬头看向文彦博。

虚弱至极的男人靠着椅背，腹部的血迹十分显眼，他闭着眼睛，或许是在想着自己的女儿吧。

真是个重情重义的父亲啊，只要拿捏住他的女儿，就等于拿捏住了他的性命。

呵，居然会有这种弱点。

许为仁收回视线，盯着自己的指尖，忽然想起了这段时间自己和许杏儿的接触。

他的姐姐，对于他有着一种近乎致命的吸引力。

他亲眼看着姐姐夺走了原本属于自己的一切，姐姐就像是许氏财团那栋最高、最巨大的楼，而自己就像是目前所处的这栋烂尾建筑。

许杏儿高高在上，如同众神加冕。

自己则卑微得和泥土烂在一处。

但是许为仁知道，其实许杏儿过得并不好。

一来她是个寂寞的女人，没错，她一定很寂寞。

二来财团上下的人们并不认可她。

认可是需要时间的，父亲带了自己十多年，在做了许许多多的事情之后，财团的人才终于开始尊敬自己。

而现在，许杏儿距离获得认可还需要很多时间。

这段时间对于自己来说就像是浮出水面得以呼吸的机会，在这期间财团不能缺少自己，甚至很多交际活动还需要自己参加。

但这段时间迟早有结束的一天，如果许为仁一直没有行动，他就只能眼睁睁地看着自己辛辛苦苦在财团中建立的威望以及人脉逐渐被许杏儿瓦解，然后自己落得出局的下场。

坐以待毙，还是主动出击？

为什么不借着目前自己在财团仍有的影响力，去做一些事情呢？

从这个念头产生的时候，许为仁便开始谋划了。

财团里出现了种种传言：是许杏儿害死了许震，所以她回来不久老总就去世了，而且继承权还落在了她的手上；许杏儿能力极差，压根无法打理好财团，只有许为仁才能打理好这一切……

虽然继承权交给了许杏儿，但是对于许为仁来说，拥有了财团其他人的信任，这和继承了财团又有什么区别呢？如果他想要振臂一呼，让财团分裂出属于自己的那一部分，这甚至都是可能实现的。

可是许为仁没有这么做，他想要拥有整个许氏，而且姐姐手里的那个箱子到底装了什么尚未可知。他继承了许震多疑谨慎的性格，如果不能排除箱子这枚"定时炸弹"，他即便掌控了财团也无法安心。所以他必须得到箱子，就好像是父亲临终前亲手把箱子交给了自己，这样才算是完美。

另一方面，他不想让许杏儿变成毁掉许氏财团的罪人。

毕竟她是他的姐姐。

许为仁很为自己内心深处的这一缕亲情感到自豪。

当然他自己也很清楚，这缕亲情中夹杂着多少欲望。

事情如许为仁所料，脆弱的许杏儿被流言蜚语击倒了。她的失眠越来越严重，只能找心理顾问帮忙……而她找到的人，就是文彦博。

许为仁看着姐姐重新接触到了"旧情人",然后两个人的关系变得再度熟络起来,就像是一个已经熄灭的火堆,又有了重新点燃的希望。

他心中的妒火也重新燃烧起来。

他知道姐姐对所谓的心理学深信不疑,对那种名为催眠的戏法更是毫无抵触。

所以当许为仁看到文彦博之后,便萌生出利用文彦博帮助自己骗来箱子的想法。

计划一旦成功,他就会得到箱子——父亲留下的最后一枚筹码,然后夺回属于自己的继承权。

与此同时,许杏儿也永远不会接受一个欺骗过自己的男人,她和文彦博之间将再无可能!

这真的是,一箭双雕。

只是许为仁并未意识到,自己的确射出了一支箭,但射中的猎物却可能不是雕。

文彦博忽然开口说道:"或许我可以用催眠帮助你找到密码。"

第七章　自由联想术

　　许为仁一边盯着父亲的嘴唇，一边捕捉着朦朦胧胧的说话声，很久之后，他发现眼前再度出现了一团黑色线条。线条蠕动着分散开，排列在父亲嘴唇的下方，就像是一条字幕。许为仁恍然大悟。

【1】

许为仁看向他，冷笑道："怎么，你又有了什么计划？"

"催眠本身只是一种技术，没有阴谋色彩。"

"是啊，所以你用它窥探了许杏儿的秘密。"

"它同样可以窥探你的秘密，甚至是窥探你遗忘的秘密。"

许为仁满是怀疑："你到底什么意思？"

文彦博解释说："人的记忆结构很复杂，有些你以为自己忘掉的事情，或许其实并未忘记。这段记忆就藏在某处，需要利用催眠将它唤醒……你应该也看过我上课的视频吧，如果在催眠的过程中提及你拒绝想起或是回答的问题，你是可以自行醒来的……催眠对你来讲没有任何危险。"

"那你打算怎么帮我呢？"

"在催眠状态下使用自由联想技术。"

"简单说说吧，我还从来没有听说过这些古怪的名词。"

文彦博整理了一下思路，说道："具体怎么做，在催眠的时候我自然会告诉你，现在你需要知道的是……我曾经有个病人，他无来由地恐惧黑暗，最后我利用自由联想让他回忆起了三岁那年发生的一件事情，从而打开了心结。相应的，我认为我也可以利用它帮你回忆起密码。"

许为仁犹豫了片刻，问道："可你这么做的原因是什么？"

"如果你找不到密码，我想……你是不会把南南还给我的。"

许为仁突然笑了起来。

他心想：可惜，即便你帮我找到了密码，我也没法把南南还给你了。

想到这些，许为仁觉得自己就是那个掌控全局的人。

于是他回答说："那就来试试吧。"

【2】

一阵敲门声忽然响起，将女人从对往事的追忆中拉了回来。

许杏儿关掉电视机，擦去脸上的泪水，努力地装作什么都没发生过。

"进来吧。"

谭姨端着两杯热茶走进了书房，在看到只有许杏儿一个人之后略微有些惊讶。"文彦博不在吗？"

许杏儿接过茶杯捧在手里，漫不经心地回答说："他走了。"

"你怎么觉得我和他会在书房？"

"我看书房的灯亮了，以为你们会在这里说话。"

谭姨似乎还想说些什么，但她并没有说出口……不要过多地牵涉到许氏的家事之中，是她能够留在这里的主要原因。

但这一次许杏儿唤住了她，说道："大半夜辛苦你泡了两杯茶，要不……你陪我喝一杯吧。"

谭姨迟疑了一下，但看到许杏儿楚楚可怜的模样之后，终究还是心软，端着另一杯茶坐到了对面的沙发上。

两个女人喝着各自杯里的茶水，低头无言，沉默良久。

许杏儿终于率先开口打破了沉默："蒋重轻是什么时候去世的？"

谭姨没有任何表情："有一段时间了。"

"大概是什么时候呢？"

"先生去世前一个月吧。"

"蒋重轻去世之后，父亲又让文彦博做了心理顾问，是吗？"

"是的。"

许杏儿又问："蒋重轻的身体出了问题吗？不然怎么突然就去世了。"

谭姨想了想回答说："蒋老师的心脏一直都有问题，不过倒不至于威胁生命……至于他为什么会突然去世，或许就是年纪大了吧。"

许杏儿抬起头，认真地打量着谭姨，这还是她头一次这么做。谭姨的年纪和父亲差不多，现在已经快六十了。但她依然美丽，她的美是一种淡定而从容的美，与世无争的美。

或许正是因为这种淡定的心态，才让她能够在六十岁的时候仍然保持着四十岁的样貌。

许杏儿忽然叹了口气："身边有这么一个大美人跟了半辈子，难道父亲就从来没有动过心？"

向来淡定的谭姨眉头猛地一跳，但她没有接话。

"母亲去世之后，你照顾了父亲那么多年，真是辛苦你了。"

"分内的事。"谭姨微微扯起嘴角，露出一个微笑。但她的眉是忧郁的，所以微笑也是忧郁的。

或许是因为她想起了某个人吧。

杯中热茶已经喝尽，谭姨打算起身离开，却被许杏儿留了下来。

"还有些问题想要问你，可以多陪我一会儿吗？"

谭姨叹了口气，重新坐回了沙发。

许杏儿说："你远比我们这些做儿女的更了解父亲，有件事我一直觉得特别困惑……父亲他为什么会突然把继承权交给我呢？"

虽然杯子已经空了，但谭姨还是捧着茶杯不愿放下，她说："我也不清楚，平常我不会和先生讨论这些问题的。"

"这个我当然知道，所以你只要告诉我一些线索就足够了。"

谭姨回忆了一下，说道："貌似在蒋老师去世之后，先生开始变得有些奇怪。"

"哦，仔细说说。"

"蒋老师去世之后，先生就让文彦博负责自己的心理情况。但是他和文彦博很少说话，更多的是一起看着录像带发呆。"

"录像带？"

"就是你看过的那些，还有一些没有做过记号的。而且有时候文彦博不在，先生自己也会翻来覆去地看录像。"

所以录像带才会那么破旧，尤其是标有记号的那三盘。

至于许震为什么要在那三盘录像带上标上"X"，许杏儿推测是因为那三盘的内容比较特别——它们录下了许震哭泣的样子。第一盘是因为母亲去世，第二盘是因为父亲伤害到了自己，第三盘则是因为父亲病重思念自己。

似乎里面唯独缺失了什么，对于一个家庭来说。

许杏儿说:"这么说来父亲的确有些反常,文彦博有解释过这是因为什么吗?"

"他说人上了年纪就喜欢回忆过去,没什么特别的。"

"真的是这样吗?"许杏儿明显并不相信文彦博的解释,她继续问道,"除此之外,父亲还有什么反常的地方吗?"

"应该没有了。"

许杏儿若有所思:"这么说来,父亲有可能是因为蒋重轻的死而饱受打击,所以变成了那样……但这和他突然改变继承人会有什么关系呢?"

她想着想着忽然灵光一闪,问道:"父亲和蒋重轻最后一次谈话的录像还在吗?"

谭姨点头:"当然。"

随后她为许杏儿取来了那盘录像带,然后塞到了录像机里。

出乎意料的是,电视机上除了一片蓝色,什么都没有。

许杏儿轻轻皱起眉头:"这是怎么回事?"

谭姨解释说:"机器有些旧了,所以有时候会发生没有录上内容的情况,之前也有几盘录像带是这个样子。"

许杏儿将信将疑:"是这样吗?但是这盘是父亲和蒋重轻最后一次咨询的记录啊……真是可惜。"

录像带已经损坏,那么许震和蒋重轻最后一次见面到底说了什么,已经无人知晓。

许杏儿回想起第三盘录像带的内容,蒋重轻曾经劝导过父亲不要重男轻女,还说女儿也能继承产业。但她不觉得顽固的父亲会因为蒋重轻的几句话就改变心意,这是绝对不可能的。

换言之,蒋重轻的话和许杏儿继承财团,并没有什么直接的逻辑关系。

那么到底是什么原因导致父亲改变了想法呢？

三盘录像带的内容就像是火焰一般融化了许杏儿冰封的心，她终于从某种程度上和父亲达成了谅解，虽然这个谅解来得晚了一些。

许杏儿知道，父亲对自己冷漠是因为他不知道如何当一名好父亲，把自己送往国外也是一种变相的保护，同时也是为了对母亲的承诺，他们希望自己过好平淡的一生。

这样看来父亲的确是爱着自己的，只是他不善表达，甚至弄巧成拙。

可是，到了最后的关头，为什么父亲突然问自己愿不愿意继承财团，然后把自己唤回身旁并将继承权也交给了自己？

他否定了自己前二十年对女儿的教导，也违背了亡妻的意愿，到底发生了什么才能让他做出这种改变？

许杏儿忽然想到了另一种可能，她问道："许为仁有没有惹父亲生气？"

谭姨的眼中带着笑意："这种事情很频繁，先生对许为仁可以说是三天骂一次。"

"不，我指的不是这个。我的意思是……他有没有做过什么特别不好的事，害得父亲雷霆大怒。"

"嗯……有天先生突然要许为仁停止开发了好几年的一个项目，许为仁说什么也不同意，之后他们两个吵了一架。"

许杏儿惊讶道："许为仁居然敢和父亲吵架？他以前可是连顶嘴都不敢的。"

"先生已经老了，蒋老师的死又给了他不小的打击，他已经不像是年轻的时候那么令人畏惧了……至少对于许为仁来说不是。"

"有时候我觉得父亲就像是古代的皇帝，性情反复无常，年纪越大脾气也就越怪。"

谭姨笑着点头："是的。"

许杏儿说："我突然想到了一种可能，会不会是因为许为仁做了什么不可饶恕的事情，导致父亲对他彻底失去了信任，所以才会让我回来继承财团？"

一涉及这种敏感问题，谭姨就重新回到了沉默的状态。

但许杏儿并没有停止，她盯着谭姨的眼睛，继续说道："如果我站在父亲的角度回顾过去的事情，会发现蒋重轻死了之后，他就开始疏远许为仁，甚至还强制收回了那个重要的项目……收回项目是因为它很重要，如果许为仁真的完成了项目，他在财团的声望将会到达一个前所未有的新高度……所以说父亲从那时就已经开始考虑收回继承权了。"

谭姨依然无言。

"那么许为仁到底做了什么事情，才会让父亲产生这种想法呢？那一定是件无法原谅的事，比如说……他杀害了蒋重轻。我不知道他到底有没有杀害蒋重轻，但至少父亲一定是这么认为的……父亲认为许为仁和蒋重轻的死有关，他无法原谅自己的儿子做出这种事情，于是彻底失望。"

谭姨低头默然。

"可是这里还有一个关键问题，那就是许为仁为什么要杀害蒋重轻呢？为什么蒋重轻和父亲最后一次谈话的录像带会偶然损坏，如果这并不是一场意外呢？我可不可以这么想，蒋重轻在和父亲的谈话中发现了某个秘密，而这个秘密会对许为仁不利，所以许为仁才必须要杀害蒋重轻，以免这个秘密流露出去，对自己造成毁灭性的打击。"

许杏儿忽地冷笑了一下，问道："谭姨你有听说过什么秘密吗？"

谭姨淡定地摇了摇头。

"那我就只能大胆想象了。"许杏儿闭上眼睛沉思片刻，重新睁开眼睛说道，"秘密就是，许为仁其实是爸妈从垃圾桶里捡来的。"

谭姨把茶杯端到嘴边，然后发现里面已经没有一滴茶水，于是又放下了手臂。

"你觉得这个秘密怎么样？"

"不要乱说。"

许杏儿依然看着谭姨，说道："也对哦，父亲那么看重事业的人怎么可能领养一个孩子继承一切呢，就算他同意，母亲也一定不会同意的。而且就算许为仁真的是领养的，父亲也一定不会让他知道这件事情，他又怎么可能知道蒋重轻也知道了这个秘密，然后将其杀害呢？"

她自嘲似的笑道："这种说法实在有太多解释不通的地方了。"

谭姨忽然开口说道："我有点困了。"

许杏儿的双眼却仿佛隐约闪烁着光："但我一点都不觉得困呢，而且我还想拜托你陪我去一个地方。"

谭姨表面看来依然淡定，但攥着茶杯的手却不由自主地轻微颤抖着。"去哪儿？"

许杏儿直勾勾地盯着谭姨的双眼，仿佛要看透对方的灵魂深处。

她的脸上带着古怪的笑意，说道："公墓。"

【3】

午夜之前，风叫晚风，吹起来凉意不多，不算冻人，还带着一些安谧宁静的味道。

午夜一过，晚风顿时变了个模样，就像是一个精通变脸的戏子，前一秒还是言笑晏晏的红脸，头一扭，瞬间就变成了冷漠阴鸷的白面。

文彦博和许为仁面对面坐着，前者身子前倾，腹部的血迹已被风吹干，只剩下一大片红。他现在觉得自己就像是一根快要烧到底部的蜡烛，随时可能熄灭。

后者则靠着椅背，以一种放松的姿态，双手自然垂下，只是脖颈仍是僵硬的。他闭着眼睛，嘴角仍带着一抹得意。

许为仁谈不上是否深信催眠，他和普通人一样，只是觉得催眠有趣、好玩。至于催眠到底有几分真几分假，他也说不上来，他认为有些事还是要眼见为实。

所以在他看过文彦博上课的录像后，在他得到文彦博通过催眠许杏儿传递而来的消息后，他对催眠的态度已经从将信将疑转变成了"差不多"。

许为仁在谋划整个局的时候，从未想过自己也会亲身经历一次催眠，他一直以为只要自己那个愚蠢的姐姐被催眠就够了。

而文彦博则不同。

通过和陈的数次交流，文彦博终于确定一点，即便自己找到箱子和密码，南南也不会由幕后黑手双手奉还。从那时候开始，他就着手计划另外一件事情，那就是如何找到南南，并且救她出来。

催眠许为仁就是最好的方法，并且许杏儿亲手送给了文彦博一张绝妙的底牌。

那就是密码其实在许为仁手中。

当文彦博得知这个信息的时候，就好像抓住了一根救命稻草……他终于有了催眠许为仁的契机。

另一方面，在和露出真实面孔的许为仁短暂沟通片刻之后，文彦博也确定了他的性格。

如果说许杏儿是一个多愁善感的人，她与其他人的信任建立在感情之上，那么许为仁就是一个阴暗自负的人，他与其他人的信任建立在——把柄上。

对于许为仁来说，只有被他掌握了命脉的人，才是能够完全信任的。

文彦博刚好符合这一点。

于是，这两个男人坐在烂尾楼的天井里，怀着各自的目的，开始了催眠与被催眠。

文彦博虽然身体虚弱，但说起"指导语"的声音还是给人一种安定可靠的感觉。这让许为仁觉得好笑，他觉得一个命不久矣的人居然还在认真地为仇人做着催眠，这实在是太好玩了。

自负的男人心里这样想着，情不自禁地露出了笑容，但他仍然闭着眼睛，仿佛只是发出了一阵睡梦中的笑声。

文彦博的表情没有任何变化，也不因为许为仁的态度恼怒，他只是一遍又一遍地重复着"指导语"，就像是和尚诵着经书。

越是着急的时候，文彦博就越不着急。通常来讲，普通人在催眠指导语的影响下，只需要五至十分钟就会进入轻度睡眠的状态。经常失眠的许杏儿只需要两分钟，而对于那些不太容易被催眠的人来说，这个时间还有可能无限延长。

但只要催眠对象不反抗，只要他愿意闭上眼睛尝试……文彦博就有十足的把握将其催眠！

他曾经遇到的最棘手的病人，花了足足一个小时才让其冷静下来并且主动配合，最后终于成功催眠。

比起那个病人，自负的许为仁还是"嫩"了些。

二十分钟后,许为仁的脖颈处于一种半僵硬半放松的状态,他时而想要把头部垂下,但转而又挣扎着把头抬了起来,就好像他在嫌弃自己脑袋太沉,这反映出他对催眠的纠结态度。除此之外,他身体的其他部位则已经彻底放松。

催眠就像是一块流沙地,许为仁的双脚踩在其中,他的身体不断下沉,大脑因未知而恐惧。他的逻辑是混乱的,或者说是自相矛盾的……他想要被催眠找到密码,可他又不想被文彦博催眠,因为他讨厌那个男人……但除了文彦博之外,他又找不到另一个值得"信任"的催眠师……

许为仁挣扎在愿意被催眠与不愿意被催眠的夹缝间,在流沙地里越陷越深,沙子最终漫过了他的头颅……一瞬间,他感到一阵窒息,随即头脑变得一片空白,眼前则是一片漆黑!

眼睛什么都看不到,仿佛没有一丝光亮可以穿过眼皮。鼻尖也什么都嗅不到,空气是没有气味的。

只有耳朵,唯独耳朵,听见了某个遥远的声音。

那个声音说:"接下来要进行的步骤叫作自由联想,你需要放空思绪,当我说出一个词或是一句话的时候,你要在第一时间说出最先想到的那个词,那个词可以是一件事物,也可以是一个形容词,甚至可以是一个不完整的词,但它要富有某种意义。如果你听懂了我的话,请点一下头。"

许为仁情不自禁地点了一下头。

"当我数到三的时候,我们将会开始进行自由联想,请你做好准备。"

"一——"许为仁忽然有些不屑:我为什么要听他的呢?

"二——"我为什么要信任他呢?

"三——"因为我需要密码,我别无选择。

许为仁不由自主地跟随着文彦博的指引而行动,在催眠的世界中,在他头脑的记忆宫殿中,他睁开了眼睛。

他看到了一团黑色线条,它们纠缠在一处,不停地"蠕动"着。

文彦博说:"恐惧。"

许为仁迅速、轻声地回答道:"老鼠。"

文彦博紧盯着许为仁的情况,发现他在回答问题的时候没有任何异常,脸上也看不到情绪的波动。

他继续问道:"死亡。"

"骷髅。"

文彦博顿了一下,说出了一个关键的词语:"诞生。"

许为仁忽然陷入了沉默。

文彦博问:"你看到了一些画面,对吗?"

许为仁:"是的。"

"你看到了什么?"

"两个人。"

"你认识他们吗?"

"不,我不认识……"

"可以简单描述一下你看到的场景吗?"

"我好像变得很小……躺在摇篮里面……然后,有两个人看着我……他们一边笑,一边晃着摇篮……"

文彦博:"你感觉怎么样?"

许为仁:"很舒服……"

事情的发展有些出乎意料,文彦博原本以为可以通过"恐惧""死亡"和"父母"这三个词引出许震,从而让联想向着他想要的方向进行下去,但他没有想到许为仁给出的答案却和许震无关。

这到底意味着什么？文彦博忽然想起最后一次和老师见面的时候，蒋重轻曾说过的那句话。

文彦博收回思绪，说道："我们继续联想，下一个词是——成长。"

许为仁回答："粉色。"

"爱情。"

"树。"

"秘密。"

许为仁再度陷入沉默。

"你看见了什么？"

"一棵树……"

"还有呢？"

"树下站着一个人。"

"她是谁？"

"嗯……一个女孩。"

许为仁正在逐渐把意识的控制权交给潜意识，文彦博每说出一个词，他都会立刻想到另一个词，并且在眼前看到相应的意象。而在完成这一过程的时候，许为仁不需要进行思考，一切都是自然而然发生的。

当文彦博说出"恐惧"的时候，那团黑色线条忽然解开，组成了一只硕大的老鼠，它晃动着脏兮兮的尾巴和细长的胡须，令人厌恶。当文彦博说出"死亡"的时候，老鼠又重新变成了那些无意义的黑色线条，然后组成了一颗骷髅头，它居然还对着自己眨了眨眼睛……之后他听到有人说"诞生"，黑色线条再次变成了两个陌生人在晃着摇篮……虽然看不清他们的面容，但许为仁觉得有些熟悉。

他觉得那两个人应该就是许震和虞小青吧，但他还没来得及看清，那个声音忽然又说到了"成长"。

瞬间黑色的线条变成了粉色,它们组成了一个世界,之后在粉色的土地上长出了一棵粉色的树,有个女孩躲在树的那一面。

当他说到"女孩"的时候,树后的她也走了出来。她由粉色的线条组成,身材娇小,隐约看得出她的表情,笑容甜美而且温暖,就像是沾了蜜的阳光。

催眠刚开始的时候,许为仁还能保留一定的理智,他知道声音来自文彦博,也知道自己看到的都是幻想出来的场景。

但在女孩向他伸出手,并且将手放在他额头上的那一刻,他仅存的理智悄无声息地——消失了。

文彦博用手支撑许为仁的额头,发现许为仁的额头开始无力地下垂,他的呼吸缓慢而且均匀,这说明最后的那点阻抗已经崩溃。于是他慢慢收回了手,让许为仁的头部缓缓垂下,而不是猛然下坠。

"你看到了什么?"

现实中的许为仁紧闭着双眼,意识世界中的他却睁大了眼睛。

他看到女孩拉着自己的手,在一片田野上欢快地奔跑着。他和她一路跑着,不知道最后跑到了哪里。

田野的草显得很长,它们遮住了男孩和女孩的视线,风儿吹过,抚起一阵绿色的浪花。许为仁忽然想要向着远方眺望一下,他想了,于是便做了,可是当他重新收回视线的时候,却发现女孩已经不见了。

眼前由粉色线条组成的场景忽然缩了起来,重新变成了一团乱麻,粉色也逐渐褪去变回黑色。然后,团状的线条缓缓伸开,变成了一根长得无边无际的黑线,仿佛有两股力量正在拉扯着它。

啪!

黑色的线条断了。

巨大的失落感顿时充斥着许为仁身体的每一个角落，于是他说："失落。"

他说他看到了失落。

黑色线条断裂之后，许为仁的眼前只剩一片灰白，就像是一块空荡荡的幕布。

然后，过往的记忆开始在幕布上放映。坐在台下的观众只有一个，那就是许为仁。

许为仁觉得自己像是一头生活在羊群中的狼。

他从未对这个家感到过归属感。

他觉得他所拥有的一切都是脆弱不堪的，就像是指尖的沙子，说不定什么时候就会被风吹走……甚至是，被他自己的呼吸吹落。

催眠让他来到了自己的意识世界，内心深处的种种情感全部暴露在放大镜之下。

让他惶恐，让他失落。

不知道为什么，他无法对父亲和母亲感到那种血肉相连的感觉，就好像自己是一个外人，不属于这里。母亲去世之后，他看到父亲对待姐姐的态度变得苛刻，时不时就是一顿痛骂。

他不觉得幸灾乐祸，反而觉得羡慕。因为他觉得父亲是在意姐姐的，在意许杏儿的一切，所以父亲才会生气。

他莫名其妙地觉得焦虑，即便父亲也在关注着他，并且把他当成继承人来培养，可他就是觉得一切不够真实。

对于尚是少年的许为仁来讲，或许当时最真实的反而是姐姐脑后左摇右晃的马尾辫，带着他的心脏一起跃动。

文彦博什么都还没说,许为仁忽然自行说道:"罪恶。"

他一直被罪恶感困扰着,从他正视自己对姐姐的情感开始。

而他正视对姐姐情感的那一刻,刚好是许杏儿被送往国外的那一天。

那一天,许杏儿坐在飞机上,把窗外的云彩看成了自己悲伤的模样。还是那一天,许为仁也把云彩看成了姐姐的模样,他把任何人、任何事物都看成了姐姐的样子……

他甚至还想到过,如果自己自暴自弃,主动放弃继承父亲的事业,那么父亲会不会无奈之下唤回姐姐,然后让她继承一切……这样一来虽然他失去了财团,却能重新拥有姐姐。

但那种想法终究是懦弱的,他从小由许震抚养长大,这样懦弱的想法只会让他感觉自己更加充满罪恶。

许为仁居然爱上了自己的姐姐,居然想过为了这种违背伦理道德的爱情放弃事业,这一切通通让他觉得罪恶深重。

所以他改变了想法,他决定继承许氏财团,并且在将来利用自己的力量帮助许杏儿,让她重新回国,回到自己身边。可他没想到,事情发展到了最后,姐姐不仅留在了国内,并且还夺走了原本属于他的继承权……

他觉得不解、惶恐,还有被人戏弄的愤怒、痛恨。他想要夺回属于自己的一切,他要让所有人知道,自己才是许氏财团的主人,也只有自己才能帮助许杏儿改变命运!

现在,他要让自己回想起箱子的密码,然后找到那个箱子,夺回一切!

这就是许为仁的人生,失落且罪恶。

男人的表情时而狰狞,然后又变得悲伤,他已经完全沉浸在情绪当中无法自拔,最后一丝理智随即消耗殆尽。

文彦博看到许为仁的表情变化,这意味着他已经无法控制情绪,不由自主地进入了深层催眠阶段……如果说之前许为仁处于浅层催眠，文彦博一旦提起某些敏感的词语，都很有可能让他直接醒来，比如催眠某人的时候询问他的银行密码；但是一旦进入了深层催眠阶段，事情将会变得截然不同，许为仁将会失去对那些词语的敏感性，而且苏醒的时候会忘掉大部分的催眠内容，就像是做了一场梦然后醒来而已。

这与文彦博在催眠许杏儿时所使用的原始梦境技术又有所不同，文彦博催眠许杏儿是为了在其不知情的情况下找到箱子的下落，而现在文彦博催眠许为仁是为了让他主动想起箱子的密码，所以许为仁被催眠得越深，也就越容易主动回忆起那串数字。

当然，在催眠许为仁的过程中，文彦博还抱着其他不可告人的目的，所以他需要极为谨慎，只有这样才能在不经意的情况下得到自己想要的答案。

时机已经成熟，文彦博终于说道："许震。"

下一刻，许为仁看到了那个改变他命运的场景。

许宅，卧室，许震临终前。

年纪还不到六十的许震饱受病魔折磨，此时此刻已经憔悴得像是一个八十岁的老人。他无力地躺在床上，将许杏儿唤到跟前，然后亲手递给了她一个箱子。

许为仁听不到任何声音，他看到父亲的嘴唇在动，之后姐姐拿着箱子离开了床边，自己则走了过去。

他紧盯着父亲的嘴。

一道遥远的声音传来："你看到了什么？"

画面定格在这一刻，父亲微微张开的嘴。

许为仁的目光寸步不离，他不停地回忆着当时父亲到底说了什么，可无论如何就是想不起来……这种感觉就像是在看一出默剧，他要努力地读懂演员的话语。

文彦博说:"恐惧。"

许为仁"眨眼",然后发现眼前有只老鼠一闪而过,这次出现的老鼠不再是由黑色线条组成,而是像一张照片那样真实,真实到许为仁真的感到了恐惧和恶心。幸运的是老鼠的画面转瞬即逝,随后画面便又回到了父亲的脸上。

他回答说:"老鼠……"

文彦博:"死亡。"

许为仁又"眨眼",画面一闪,他看到了一颗无比逼真的骷髅头:"骷髅……"

"诞生。"

"摇篮……"他再次看到了那两个人,而且这一次他看清了他们的面容,但许为仁确定自己绝对没有见过他们。

"成长""粉色""爱情""树""秘密""女孩"……

他还看清了那个女孩的面孔,她站在树下望着天空,笑容带着些许忧伤,她是童年的许杏儿。

文彦博看似在重复着曾经的对话,他将浅层催眠时候曾经说过的词语重新复述了一遍,得到的是完全相同的回答。这样一来,他终于确定许为仁已经进入了深层催眠,失去了所有意识。

紧接着,文彦博的语气变得重了一些,带着指令的感觉,他突然说道:"蒋重轻和死亡!"

许为仁再次"眨眼",然后看到了一具骷髅,在他的胸腔处还有着一颗……他说:"黑色的心脏……"

文彦博又说:"南南和秘密!"

"红色的房子……"

"北北和死亡！"

"唔……"

文彦博的脸上满是汗水，双手早已攥紧成拳，仿佛刚才的三个问题耗尽了他的全部力气。而许为仁的每一个回答，都让他的身体发出一阵轻颤。

许为仁的眼睛仍然闭合着，但睫毛却在轻微颤抖，而且眉毛也用力抬起，似乎在脑海中正搜寻着什么。

文彦博意识到如果继续让他保持这种不稳定的状态，那么很快就会从催眠中苏醒过来。于是他放弃了第三个问题，转而说道："许震。"

许为仁"眼前"的景象重新回到了父亲的嘴唇。

许震的嘴唇是不健康的黑紫色，因为缺水而变得干巴巴的，如果给许为仁一些时间，他甚至能够数清父亲嘴唇上的褶皱。

嘴唇轻轻张开、闭合，就像是一条搁浅的鱼。

文彦博说："密码。"

许为仁痛苦地皱起眉头，他忽然情不自禁地模仿着许震做出口型。

嘴唇先是微微噘起然后咧开……随即上唇和下唇轻碰一下后分开……最后定格在一个像是微笑的表情，牙齿也闭合在一起。

文彦博的思绪飞转，终于弄清楚了那些口型的意义。

比起数字，它们更像是一句话……三个字——

对不起。

许震临终前对儿子说的最后一句话，是对不起？

如果是这样的话，密码到底又是什么？

如果找不到密码……南南怎么办？

那一瞬间文彦博几乎崩溃，他本以为只要帮助许为仁顺利地找到密码，就可以进行下面的计划。可他没有想到，许为仁的记忆中压根就没有什么密码！

究竟是他太过愚蠢，以至于真的永远忘记了密码？还是许杏儿在催眠的状态下说了谎？又或者，许震压根就没有把密码告诉过任何人？

一阵晚风吹过，凉意袭来，文彦博打了个寒颤，然后身体便开始不停颤抖，无法停下。他实在是太虚弱了，无论是身体，还是精神。

真相变得扑朔迷离，文彦博就像是一个孤独的船夫，驾着一艘破烂不堪的木船，漂泊在一片迷雾密布的汪洋大海之上。

他竭力压抑着心头的恐惧、疑虑还有不安，就像是不久前陈用南南的性命相要挟的时候，他让自己保持冷静，然后找到了一线生机。

既然当时如此，现在也一定能找到！

沉默片刻，文彦博忽地攥紧双拳，身体也不再颤抖，他轻手轻脚地靠近许为仁，在他的耳旁轻声说道："1……5……7……"

与此同时，许为仁隐约听到了一些声音。

这声音实在太轻，他很用力地去听，却也只能听到一些残破的音符而已。

许为仁一边盯着父亲的嘴唇，一边捕捉着朦朦胧胧的说话声，很久之后，他发现眼前再度出现了一团黑色线条。

线条蠕动着分散开，排列在父亲嘴唇的下方，就像是一条字幕。

"1……5……7……"

黑色线条最后组成了三个数字，1、5和7，搭配着父亲的嘴型。

许为仁恍然大悟。

下一刻，他在现实中猛地睁开了双眼，嘴唇微动，险些把自己刚刚发现的密码说出口。不过很快他就恢复了神志，将那串数字咽了回去。

许为仁深深呼吸,感到一阵舒爽,仿佛刚才不过是做了一场梦而已。至于他梦见了什么,现在已经记不太清。

但那些并不重要,比起那三个珍贵的数字,其他的记忆就像是累赘。

文彦博问:"你想起来了?"

许为仁感慨说:"催眠真的是一件不可思议的事。"

"既然你这么说,那就是找到了。"

"我也明白了许杏儿被你催眠的感觉。"

文彦博:"你是不是应该履行承诺了?"

许为仁露出一个意味深长的笑容,答非所问:"我很肯定她一定不喜欢这种感觉……但我还蛮喜欢的。"

文彦博抬起头,视线穿过天井,却已经看不见月亮。

许为仁站了起来,脸上的笑意逐渐融化,最后凝固成一个残忍的形状。

"走吧,该去公墓了。"

【4】

车子启动,发出一阵轰鸣,惊醒了沉寂的夜晚。

陈是司机,许为仁坐在副驾驶的位置,而文彦博则被扔到了后面。

许为仁看着后视镜里的男人,说道:"希望你能撑到一切结束,我个人非常希望由你来亲眼做个见证。"

文彦博的头部靠着车窗,轻声说:"你把我带过去,是想要让许杏儿彻底死心。"

"她会怎么对待一个欺骗过自己的人呢，你难道不感到好奇吗？"

"不。"

"真是个无聊的家伙。"许为仁打了个哈欠，然后开始闭目养神。

陈一边开车，一边开口问道："老板，要不要把他绑上，免得节外生枝。"

许为仁闭着眼睛，"看看他现在的样子，他还能做些什么？"

车子飞快地奔驰着，车外的景象逐渐变得熟悉起来，不再是之前的荒无人烟。车里的气氛变得更加紧张压抑，简直让人窒息。

许为仁仰着头，把脖颈靠在椅背上，看似平静得近乎睡着，但身上却隐约透着一股暴戾感。

文彦博无力地倚着车门，就连呼吸都是短促的，甚至可以说是奄奄一息。

他原本以为许为仁在得到密码之后会迅速赶往公墓，但他没想到即便在这种情况下，许为仁依然不忘记自己的恶趣味，选择将文彦博一同带往公墓。

文彦博很清楚许为仁要做什么，他要取走箱子，然后把自己困在那里，等待着后知后觉的许杏儿过去，最后做个了断。

时间，已经不多了。

文彦博知道自己绝不能被一同带去公墓，他必须逃离许为仁的身边，只有这样才有机会救出南南。

想到这里，他的一只手暗中抓住了车门的开关。

陈感到了后方的异动，他的双眼上移，通过后视镜看向文彦博。

两人的目光在镜面中碰撞。

文彦博有气无力地眨了下眼睛,陈微微皱眉,然后收回了充满审视意味的目光。

　　紧接着,车子的后排传来一声闷响,随即一阵狂风吹进车内。

　　许为仁睁开眼睛,然后又重新闭上。"不用管他,继续开吧。"

　　陈回头看了一眼,刚好看到文彦博翻滚着跌入了路边的草丛。

　　"餐后甜点而已,不吃也罢。"

第八章　最终对决

"其实你是知道的,但是你不愿意相信。不,你稍微有些相信,因为你的猜测如果是正确的,那么……你和我之间的鸿沟就会不复存在,而你,就可以……得到我。"

【1】

车子很快消失在夜幕之中，跳车逃生的文彦博瘫软在草丛里，看着那辆车越开越远，到了看不见的时候，他无力地闭上了眼睛。

红色的气球。

文彦博"看"到了一只红色的气球。

一阵刺耳的刹车声后，气球失去了束缚，越飞越高。

"文彦博，我们离婚吧。"蒋紫涵面无表情。

文彦博和妻子面对面坐着，餐桌上摆满了热乎乎的饭菜，这本应是一顿温馨的晚餐。

文彦博努力挤出一个笑容，对着旁边的南南说道："南南先去写作业，爸爸和妈妈有事情要说，好吗？"

南南乖巧地点头，然后蹦蹦跳跳地去了自己的卧室。

于是只剩下一对貌合神离的夫妇坐在餐桌两旁。

蒋紫涵说："放手吧，你还年轻，而且事业有成，一定能找到更好的。"

文彦博笑着说:"别闹了,快点吃饭,一会儿菜就凉了。"

蒋紫涵:"比如说许杏儿,她不是一直很喜欢你吗?"

啪!

文彦博将筷子重重地摔在桌上,压抑地咆哮着:"你到底什么意思?"

"没什么意思,只是觉得你和她在一起会更幸福。如果当初你选择跟她出国,一定能得偿所愿,不至于像现在这样,只能留在国内当一个不被人认可的心理咨询师。"

"那些事都过去了,我的选择永远都不会变。"

"如果给你一次重新选择的机会,你真的不会变吗?"

刹那的犹豫,文彦博回答说:"不会。"

蒋紫涵苦笑着:"你犹豫了,你也后悔了。"

文彦博:"明明是你要做一个逃兵,为什么偏偏要把所有责任推到我的身上?"

"因为女人的直觉,我觉得那辆车其实真正想要撞死的人,是我!"

"别胡思乱想了,好吗,我这就去给你放热水,你泡个澡然后好好睡一觉吧。"

"不,如果不离开你,我会死,南南也会死。"

文彦博的愤怒终于爆发出来:"够了!我受够了!"

蒋紫涵依然没有表情,但眼中满是泪水。

她坚定地说:"离婚吧,我要带走南南。"

但最终她没能带走南南,因为法院认为文彦博是一名更有责任感的家长,能够更好地将女儿抚养长大。

一张装载着一家四口美好回忆的照片,先是撕去了其中一角,然后又撕下了剩下的一半。

从此只剩父女两人，相依为命。

画面一转。

蒋重轻抱着南南，问道："如果有天蒋紫涵回来了，你能不能试着重新接受她？"

文彦博摇头："很难……为什么要说这些，像交代遗言似的。"

蒋重轻笑得很洒脱："毕竟年纪大了，经常会有不好的预感。"

"为什么，这和许杏儿继承财团有什么关系吗？"

蒋重轻没有回答这个问题，而是说道："在我死后，你要和许氏财团断绝一切联系，就算是许震亲自找你，你也必须拒绝！"

文彦博："我没法理解，你一直带着我去许家，不就是为了让我以后也能搭上这条线吗？"

"但是现在我后悔了，你听我一句劝，远离许家，能离多远就离多远！"蒋重轻说这句话的时候，表情很严肃。

他平时很少严肃，他总是面带微笑，给人的感觉如沐春风。

即便是他的遗像，也让人觉得这是个可靠而且可爱的人。

那次分别，成了永别。

然而在蒋重轻死后，文彦博并没有遵守承诺远离许家，他反而继承了老师的位置，成为许震的心理顾问。

终于，他可以名正言顺地走进许家的书房，坐在许震对面的沙发上。

许震说："我实在是没想到，你居然会同意接替蒋重轻继续做我的顾问。"

文彦博说："子承父业，我一直把他当成我的父亲。"

"真好，我一直很羡慕你俩的感情，既是师徒，也是父子。"

"可是他死了。"

许震重重地叹了口气:"是啊,他死了。"

文彦博:"我想知道原因。"

"如果他生前没有告诉你,那说明他觉得应该这样,所以我也就不会告诉你。"

"求求你告诉我真相,我不能让他就这样不明不白的死去……我必须知道真相,否则我无法原谅自己。"

许震的书房里堆满了一箱箱的录像带,他说:"我只能告诉你,对于他的死,我的悲痛绝对不少于任何人。"

从那之后许震和文彦博便再没有说过一句话。

按照蒋重轻生前去许家的时间,文彦博总会按时到达,而许震也总会在书房等着他。

一老一少两个男人,什么也不说,就只是看着电视机播放的录像内容。

他们看了一盘又一盘,回顾了许震和蒋重轻的大半辈子。

有时候许震会哭,然后他就在录像带上做一个标记。

文彦博看着这一切,终于确定许震是把蒋重轻当成至交好友的。

他不可能害死蒋重轻。

那么,到底是谁下的手?还是说老师的死只是巧合?

像是北北的死,自己又有了被害妄想?

文彦博和许震相处的时间并不长,因为老人的身体在蒋重轻去世之后便加剧恶化,到了撒手人寰的时候。

最后一次见面,许震没有放录像带,而是和文彦博说了一些话。

他说:"你觉得杏儿是一个什么样的人?"

文彦博说:"她的心地很善良,总的来说是个很招人喜欢的女孩。"

"当年的女孩儿已经长大啦……你觉得，她和为仁比起来，谁更适合继承财团？"

"当然是许为仁了，而且现在他也很受认可。"

"不……我的意思是，你觉得杏儿她能继承财团吗？"

文彦博犹豫了一下，回答说："许杏儿是个聪明人，如果她想继承的话，应该也能做得很好。"

说这句话的时候，文彦博在心里默默填了另一句话……甚至会比许为仁更好。

听到文彦博的回答，许震露出了一个满意的笑容，他说："谢谢你……从今以后，你不用来许家了。"许震顿了一下，"也不要参加我的葬礼，远离许家，离得越远越好。"

文彦博知道，两位老人都要自己远离许家，是为了自己着想。

但他们都不够了解文彦博。

文彦博从来不懂得什么叫作逃跑，当北北出车祸，家庭因此崩坏，他没有像蒋紫涵一样选择逃跑。

当蒋重轻因为"心脏病"而去世，文彦博依然当了许震的心理顾问，他要查出真相，绝不让老师死得不明不白。

即便是现在许震即将离世，许氏财团即将天翻地覆，他也不会选择逃跑。

对于文彦博来说，这世上存在着太多比生命更加重要的东西。

比如真相。

北北的车祸，蒋紫涵的离开，蒋重轻的死，还有许震更改继承人……在背后仿佛有一只无形的手操控着这一切。

文彦博失去了女儿，失去了妻子，失去了老师，失去了"父亲"。

他几乎失去了一切。

现在,他唯独拥有的,就只是……

"南南。"

身受重伤的男人喃喃自语着,他忽然吸了一口气,鼻子里满是青草的味道。

文彦博用力攥了一把泥土,然后猛地睁开了眼睛。

【2】

许杏儿觉得睡眠就像是悬在自己头顶的达摩克利斯之剑。

当她闭眼,当她沉眠,甚至当她疏忽,这柄宝剑随时可能落下,斩断自己的头颅。

至于为什么会这么想,因为……大多数人都死在了睡眠状态之下。

所以她恐惧睡眠,她不敢睡去。

虞小青临终前希望自己能够葬在公墓之中,许震做到了。但与虞小青想的有所不同,他们虽然一同葬在了公墓里,却又与其他人的墓地完全分开,仿佛进入了一个与世隔绝的地方。

在南山的公墓深处,许震建了一个庄园,用铁栅栏作为阻拦。大门被牢牢锁住,只有许杏儿和许为仁才有打开它的钥匙。

其他人,包括谭姨,都没有这样的权利。

所以许杏儿只是让谭姨进了墓园,却没有让她走进那间死者安眠的木屋。

　　这间木屋打造得很温馨，里面的生活用具也一应俱全，那是因为在虞小青去世之后，许震时常独自来这里生活。

　　据说，父亲在这里的时候仿佛变了一个人……温柔而且安宁。

　　屋子的中间放了一把小木椅，椅子前面是一盏落地的电热灯，许震生前喜欢拿一本书，然后坐在灯前，一边取暖，一边读书。

　　许杏儿走到墙角的书柜旁，在上面翻翻找找，最后她拨开一些书，取出了藏在后面的密码箱。

　　箱子上满是灰尘，甚至模糊了开锁的轮盘。许杏儿抱着箱子坐在木椅上，小心翼翼地擦拭着它，表情说不出的落寞。

　　等到箱子焕然一新的时候，许杏儿终于放下了它，抬起头看向墙上的照片。

　　一张许震和虞小青的合影。

　　照片中的母亲是年轻的，脸上看不到一道皱纹，她的笑容甜美，仿佛自己是全世界最幸福的人。

　　许震的脸却是严肃的，他一边的嘴角微微扯起，能够感受得到，他在很努力地挤出一个笑容，但遗憾的是他没能做到，因为他脸庞的另一半简直可以用"哭丧"两个字来形容。

　　如果许杏儿以为父亲不够爱母亲，她会觉得父亲是一个不解风情、只知道吹胡子瞪眼的男人。

　　但当她真正理解了父亲对母亲的感情，她忽然觉得照片中的许震并不是那样冷漠。

　　他是一个在感情上极度笨拙的男人，当他牵着她的手，他想要笑，却又在害怕乐极生悲，在大笑后失去，所以他一边笑，一边压抑，最后露出了这么一个古怪的表情。

而且在许震的眼中是含着水光的，虽然并不清晰，但许杏儿确定，拍这张照片的时候，父亲的内心深处一定是开心到几乎流泪。

无论如何，无论现在许氏财团变成了什么样子，无论许杏儿和许为仁之间的关系发展成了什么样子……

至少他们已经安详。

许杏儿深深吸气，抬头看着天花板，她在心中想道："我会证明，只有我才能守住你的基业。"

她仿佛一名高坐于王座之上的女神。

但她不敢闭眼，因为在她的头顶，还悬着一柄看不见的达摩克利斯之剑。

同样的剑，同样悬在许为仁的头顶。

车子缓缓驶入公墓，然后停在了墓园门口。许为仁独自一人下车，将陈留在了车里，也就是公墓外。

即便当他发现铁门已经被人打开，他也没有改变这一决定。

公墓的门是开着的，木屋的灯是亮着的。

许为仁的心头隐隐感到一丝不安，但随即便被他压了下去。

父亲去世之后，他一次都没有来过这里。这或许是因为恨，虽然他自己并不愿意承认这一点。

当许为仁得知箱子就放在这里的时候，他为自己觉得可笑，如果他能够来公墓一次，是不是早就可以不费吹灰之力得到箱子。

想到这里，许为仁自嘲地笑了一下，然后迈开步子走进了墓园。

院子里种了许多花花草草，大多是不需要怎么照料就能活下去的品种……它们一定是许杏儿种的，因为它们就像是许杏儿一样。

有个女人此时此刻站在花丛中，望着那些花儿怔怔出神。

许为仁低声问道："深更半夜的，谭姨你来这里干什么？"

然而谭姨什么都没说，她甚至没有看许为仁一眼。

许为仁先是感到愤怒，随后又变成了无奈。似乎从认识谭姨的那一刻起，她便是这副模样。她的眼里从来都只有许震一个人，她很少说话，不会对任何人提出任何建议，保持着绝对的中立。

这也是许震死后，她还能留在许家的根本原因。

许为仁叹了口气，向着木屋走去，脚下的鹅卵石有些硌脚，让他觉得不适，于是他加快了脚步。

打开的铁门、亮着灯的木屋，还有对着花儿发呆的谭姨，它们也像是许为仁心里的鹅卵石，让他的不安愈发沉重。

许为仁走到了木屋门前，然后停下了脚步。

他忽然感到了一丝恐惧，就好像一旦推开眼前的门，就会看到一大群老鼠向自己扑来。

许为仁抬起手放在门上，心想只要自己得到箱子，得到箱子里面的东西，那柄悬在自己头上的达摩克利斯之剑就会消失不见。

他将会夺回继承权，重新成为许氏财团的主人。

想到这些，对权力和财富的渴望浇熄了不安，重燃的火属于欲望。

许为仁一把推开门，与屋里的许杏儿四目相对。

这一刻，王见王。

"你来了。"许杏儿轻声说道，口气轻柔得仿佛只是闲谈，"我以为你会来得更早一些。"

许为仁却完全没有姐姐这种云淡风轻的心态，他只能努力地保持着镇定，然后说道："这一切都是你和文彦博设的局？"

许杏儿说："是，但也不是。"

说完，许为仁看到了姐姐脚边的那个密码箱。

他反手将门关严，冷声说道："把箱子给我。"

许杏儿没有任何动作，她只是看着许为仁，眼神中不带有丝毫杂质。"为什么？"

许为仁仿佛一个生气的孩子，他说："父亲既然把财团给了你，那么他的遗物就应该留给我。"

他说的话也仿佛是气话。

许杏儿轻笑着："所以我把箱子放在了这里，如果你思念父亲，时常来这里看一看……箱子就是你的。"

许为仁的表情忽然凝固。

"可是你没来，为什么，难道你和父亲之间的感情就这样脆弱吗？"

许为仁："我和他的事情，与你无关。"

"无关？怎么会无关呢，我们是一家人啊。"

一家人？

许为仁忽然怒不可遏。

从他记事起，母亲就已经去世，而父亲则是严格到令人发指。

那时候年龄相仿的许杏儿成了他生命中最温暖的光，他无数次地靠近她，想要温暖自己，然而得到的却是残酷的拒绝。

童年的许杏儿最喜欢说的话就是，我和你不是一家人，我不要和你一起玩。

尽管长大之后，许为仁知道姐姐之所以说出那种话是因为她嫉妒自己，嫉妒父亲对自己的过分严格。

他和她嫉妒着彼此，却从未感恩过。

许为仁和姐姐之间只隔着一盏火炉般的电灯，他只要跨过去，就能抢到箱子。但他并没有这么做，因为他还没有做这件事的勇气。

他只能站在另一边，愤怒地说道："在你心里，你和我从来都不是一家人！"

许杏儿毫无所动。

"从小你就瞧不起我，你压根没有把我当成你的弟弟。就算长大了之后也是一样，你只把我当成一团扶不上墙的烂泥，你只把我当成一个不懂事的孩子！"

许杏儿问："不然呢，你想让我把你当成什么？"

许为仁很想说出那两个字，但话到了嘴边却又说不出口。

"你在我不知情的情况下来到了我家，然后你来不久母亲就去世了，你让我怎么喜欢你？你来之后，父亲就把所有的注意力都放在了你的身上，你让我怎么喜欢你？"说到这里，许杏儿忽然停了下来，"算了，我不想和你像小孩子一样吵架。"

她这样的态度，令许为仁变得更加愤怒。

"我的出生，还有父亲对我的态度，这些都不是我能控制的。"

"我知道，但我就是讨厌你、恨你。"

许为仁："这对我不公平！"

许杏儿："对你不公平的不仅是我，还有父亲，所有人都对你不公，但你又能怎么样呢？"

许为仁蓦地攥紧了拳。

许杏儿继续说道："你难道从来没有想过，事情为什么会变成这样吗？为什么父亲突然不让你继承财团，为什么我对你是这种态度？"

许为仁的身子情不自禁地轻颤。

"其实你是知道的，但是你不愿意相信。不，你稍微有些相信，因为你的猜测如果是正确的，那么……你和我之间的鸿沟就会不复存在，而你，就可以……"

许杏儿忽然露出一个妩媚而且恶毒的笑容："得到我。"

许为仁突然一脚踢翻电热灯，然后一把掐住了姐姐的脖子，表情狠毒。

"我说对了是吗？其实在你还是少年的时候，你就有过这样的想法吧。你觉得如果自己不是亲生的那该多好，那样你就可以追求我，可是后来你的想象成了现实，你反而又没办法接受了。"

许为仁的话几乎是从牙缝中挤出："我是父亲的儿子，许氏财团属于我。"说完，他的手猛地用力，"而你也属于我。"

许为仁不知道自己为什么会变成这样。

但许杏儿的话仿佛带着某种魔力，让他的情绪不由自主地失控。

他掐着姐姐的脖子，脑海中忽然开始回忆。

从许杏儿回国之后，对自己便总是一副若即若离的态度，她撩拨着自己的心弦，让自己的内心不得安宁。

她说的每一句话，她的每一个动作，都让自己的欲望被无限放大。

她的天真，让自己觉得许氏财团唾手可得。

她的愚蠢，让自己觉得她的感情可以轻松玩弄。

不知道从什么时候开始，自己的情绪开始跟着她而变化。尤其当她和文彦博在一起时，自己会异常愤怒。

为什么，为什么，为什么？

我愚蠢的姐姐啊，你这样做到底是无心还是有意？如果只是无心，我依然可以原谅你，前提是我得到你的一切。

而如果你是有意……那我，又算是什么？

许为仁的手越来越用力，但许杏儿始终没有发出任何声音。

即便她的脸色已经发青。

这一刻，许杏儿距离死亡前所未有地近，她的意识离开了这间木屋，离开了墓地，飘向了另一个遥远的国度。

她将母亲为她织的围巾挂在屋顶，然后把下巴挂在上面，踢翻了脚下的凳子。

她无力地蹬着腿，心想如果有重来的机会，自己一定要成为赢家。

我要继承财团，我要追求到理想中的爱情。

那时的她患有心因性失明，什么都看不见，即便上吊也是独自摸索着进行的。

也是因此，她给围巾打的结不够坚固。

许杏儿心想，自己一定要取回属于自己的一切。

与此同时，围巾的结打开了，她重重地摔了下来。

然后，眼前一片光明。

窒息感瞬间退去，许为仁突然松开了手。

男人突然缓缓跪了下来，把嘴凑到她的耳旁，轻声说着："我爱你。"

然后，他开始轻轻亲吻着许杏儿的耳垂，从他嘴里传来的湿热气息令许杏儿感到恶心。

她皱起眉头，但嘴角却微微翘起。

终于，还是到了这一步。

许为仁的一只手紧紧握着女人的腰，另一只手则试图穿过衣物，向着更深处摸索。

他觉得怀里的女人就像是一个涂满毒药的甜美果子，自己明明知道吃下去就会死，却还是忍不住想要咬一口、尝一尝。

此时此刻，他心头的欲火正以前所未有的剧烈燃烧着，他要变成一只飞蛾，不顾一切扑向那团火。

他想要焚烧自己！他想要毁灭自己！

许为仁的理智不断流失，就像是被文彦博一步步引导至深层催眠那样……他的意识属于自己，却又不由自己控制……

被放大的，只有心头无穷无尽的原始欲望！

咣！

木屋的门忽然被人推开，许为仁停下了双手的动作，他愤怒地回过头，眼眶泛着骇人的红色。

陈的声音中透着慌乱："有警车往墓园这边过来了。"

这句话就像是一盆冷水，瞬间冷却了许为仁的心。他瞪大双眼，脸上布满了惊讶。

许为仁不可思议地看着姐姐，微微张开嘴却不知道应该说些什么。

他也不需要说些什么。

许杏儿衣衫不整，脖子上还残留着几道红痕，无论是谁看到这一幕，都会情不自禁地联想到许为仁做了什么。

许为仁忽然想到自己之前的种种举动，自己为什么会突然变成那样，为什么会失去理智……他隐隐猜到了什么，但已经没有时间去证实。

许杏儿微笑着，说话的语气低沉且温柔，仿佛是在安慰少不经事的弟弟，她说："快走吧。"

许为仁仍然跪在许杏儿的身边，他同样深深地看着姐姐的眸子，一字一句地问道："你到底想要我怎样？"

姐姐说："我想要你永远地离开我。"

已经到了这种时刻，她的话依然刺痛着许为仁的内心。

许为仁缓缓站起身，他伸出手来，似乎想要抚摸一下姐姐的脸，但却因为某种情绪而收了回去。

或许是胆怯，或许是厌恶……

他弯腰拿起地上的密码箱，他的思绪如一团乱麻，他跟在陈身后离开木屋。

他在离去时，回头深深看了许杏儿一眼。

他看得极为用力，就好像、就好像……再也没有看她的机会。

许为仁坐在车上，怀里抱着梦寐以求的密码箱，但他却唤不回自己的意识。他仿佛在现实世界里看见了一团黑色线条，它们纠缠在一起，不断地蠕动着。

让他已经找不到方向。

陈迅速开车离开，警察随后赶到了墓园。

许杏儿哭得梨花带雨，她变成了一个柔弱之极的女子。"许为仁抢走了父亲留给我的箱子，请你们一定要帮我拿回来。"

警笛声响起，警车跟随着许为仁离去的方向追去。

墓园重归平静，许杏儿仔细收拾着一片狼藉的木屋，将物品重新摆放整齐。

就好像这里从未发生过任何事情。

谭姨站在门口，她目睹了这一切的发生，脸上带着莫名诡异的表情。

许杏儿重新坐回椅子上，她摸了摸仍在疼痛着的脖颈，感慨道："我知道自己为什么会爱上他了，因为我和他是同一类人。"

文彦博不惜伤害自己也要获得她的信任，而她同样来用伤害自己来诱使弟弟落入圈套。

说完许杏儿忽地发出一声轻笑，转而对谭姨说道："想笑的话就笑出声吧，像你这样实在是太痛苦了。"

许家仅剩的两个女人四目相对，短短的一瞬间，却仿佛经历了无数次交锋。

最终，谭姨突然发出一阵歇斯底里的狂笑，她笑得弯下腰来，涕泪俱下。

【3】

月光像是一条河，每个人都是河上的船。

许杏儿的船停泊在墓园，许为仁的船逃向远方……文彦博的船虽然破旧不堪，但仍在坚持航行。

一个男人，穿着病号服和拖鞋，脸色比月色还要苍白，腹部还汩出大片鲜血。他步履蹒跚，缓慢，但却坚定。

除了文彦博自己，再没有第二个人知道……拯救南南的计划，早在一切开始的时候，便一同开始了。

为了催眠许杏儿，文彦博和陈一同设下了局，用来获取许杏儿的信任。在这个局的最开始，陈在课堂上用南南的安危要挟文彦博。

文彦博对陈的要求只是演一场戏，并没有给他们设定台词，所以课堂上陈所说的话都是自由发挥。

而自由发挥的话，往往都是实话。

那时候，陈曾经说过："不要急，还是等到十分钟后你再给我答案吧。"

或许对于陈本人来说，对于看过这段录像的许杏儿来说，这句话只是再普通不过的一句威胁。但是对于文彦博来说，这句话却异常珍贵。

因为它透露给文彦博一个极为重要的讯息，那就是南南的藏身地就在距离江城大学不远的地方！

在文彦博看来，陈不是一个心机深沉的人，他很少说谎，一旦说谎也会露出马脚。所以他当时的那句要挟以及展示的那段录像，既是演戏，也是真相。

在那之后，文彦博又坐过几次陈的车，基本了解到他开车的速度，还有一些行为习惯。

由此他更加确信，南南一定就在江城大学附近。

除此之外，他还从和陈聊过的只言片语中，大致推测出了女儿现在的处境。

陈曾经说过："你放心，没有人会伤害她。"

他还说过："会，我会把她完好无损地送回你家。"

但说这句话的时候，他表现出了犹豫。

文彦博把这份犹豫解读成一份疑惑，还有谎言。南南很有可能是独自被藏在某个地方，甚至没有看守她的人。而且许为仁和陈在把孩子藏好之后就再也没有去过那个地方，或许是担心露出马脚。

所以他们甚至无法确定南南现在是否还活着。

这让文彦博既松了口气，却也更加紧张。

距离南南被抓走已经过去了将近五天，南南能否坚持下来？

想到这里，文彦博加快了步伐，腹部伤口撕裂的疼痛已被他完全遗忘。

虽然他已经把这些线索交给了警队的吴瑶，但他没法确定警方能否及时找到南南。

而且除了陈"给予"他的信息之外，在催眠许为仁的时候，他还得到了一个更加重要的信息。

文彦博苦心积虑将许为仁带入深层催眠，就是为了用自由联想的方法套出事情真相。

当他问到"南南和秘密"的时候，许为仁情不自禁地将两者进行了联合，然后得出来了一个信息——"红房子"。

对于许为仁来说，关于南南的秘密，无疑就是他把孩子藏在了哪里。

所以说，南南不仅被藏在江城大学附近，而且还是一栋红房子之中！

得到了这个关键信息之后，文彦博才能鼓起勇气跳车逃亡。他行动得越快，南南生还的概率也就越高。

男人狼狈的身影路过了一盏又一盏的路灯，他一面匆忙地走着，一面在脑海中盘算着另外一件极为重要的事情。

蒋重轻的死。

文彦博最初认为是老师得知了某些重要的秘密，然后被许家杀人灭口，这么说来最大的嫌疑人就是许震，然而在与许震长时间的接触之后，他否定了这个想法。

蒋重轻的确知道了某件事，但许震却不是害死他的元凶，那么凶手到底是谁？

文彦博把目光放在了许为仁身上。

蒋重轻死亡之前，许震虽然已经有意地收回许为仁的一些权力，但那些只是小打小闹。直到蒋重轻死后，许震就像是做了什么决定一般，突然开始疯狂地压制许为仁，甚至最后还剥夺了他的继承权。

所以文彦博推测，许震和蒋重轻之间感情深厚，而蒋重轻的死一定和许为仁之间有着分不开的关系……至少许震是这样认为的，所以他才会恼怒儿子杀害蒋重轻一事，也失去了对儿子的信任。

可是在催眠许为仁的时候，文彦博曾经说过"蒋重轻和死亡"这样的关键词。

如果真的是许为仁杀害了老师，他的回答应该是和谋杀有关的词汇，但他的回答却是"黑色的心脏"。

这说明许为仁和其他人的看法一致，都以为老师是死于心脏病。

这样看来，文彦博和许震全都错了，许为仁并不是害死老师的凶手。

那么真凶到底是谁？老师得知的秘密是什么？那个密码箱又装了什么秘密？

文彦博的喘息有些粗重，他的心中已然隐隐有了答案。

【4】

与此同时，许杏儿也有了自己的答案。

"哈哈哈哈……"

谭姨笑了很久，她终于直起腰来，擦去了眼角的泪水。这泪水无关悲伤，只来自欢愉。

许杏儿从未见到过这样的谭姨，她仿佛压抑多年，在这一刻得以释放，于是显得有些癫狂。

可她不明白谭姨为什么会变成这样，又为什么要做那些不可原谅的事情。

许杏儿说："看到我和许为仁自相残杀，你一定很高兴吧。"

谭姨的脸上仍残留着笑意，她的表情已经说明了一切。"说实话，我没想到你把我带到公墓来，竟然是为了看这么一场好戏。"

"不让你亲眼看到我们许家四分五裂，恐怕你还在装成一个无辜的女管家吧。"

谭姨露出一个无辜的表情："我不明白你在说什么。"

"是你杀了蒋重轻。"许杏儿扔出了一枚"重磅炸弹"。

谭姨依靠着门框，她微微翘起嘴角，露出一个嘲讽的笑容。

许杏儿知道她在嘲讽什么，明明是她杀害了蒋重轻，却瞒过了所有人，尤其是许震，那个男人还为此更改了继承权，导致了现在的一片狼藉。

"是你杀害了蒋重轻，并且将其嫁祸到了许为仁的身上。嫁祸的方式很简单，你只要在一个正确的时机杀死蒋，许震就一定会觉得是许为仁下的手。"许杏儿继续说道，"父亲在那次咨询中说出了秘密，然后蒋重轻就死了，所以父亲以为是许为仁偷听到了咨询内容，变得越来越不信任他。

"但是父亲没想到，其实偷听到秘密的另有其人……那个人，就是你。"

谭姨笑着说："那你倒是说说，我到底听到了什么？"

许杏儿："许为仁其实不是父亲的亲生儿子。"

谭姨挑起眉毛。

"母亲在生下我之后身体落下病根，已经不可能再生育了。父亲执意要一个男孩来继承财团，却又不愿意再娶，于是他表面上说是把再次怀孕的母亲送到国外养胎，实际却是暗度陈仓，最后带回了被领养的许为仁。

"这个秘密始终藏在父亲内心最深处，甚至连你都不知道这件事情。因为父亲认为，只要许为仁不知道自己的身世，那么他就是自己的亲生儿子，也可以光明正大地继承许氏财团。

"但是这个秘密压抑得越久，父亲到了晚年的时候就越难守住它，结果在与蒋重轻咨询的时候，一不小心将秘密说了出来。而每次都会进去端茶送水的你，是最有可能听到秘密的人。那盘貌似偶然间坏掉的录像带，也只有你才有机会在上面动手脚。"

谭姨脸上的笑意逐渐敛去。

"你知道许为仁的身世之后，便用某种方式杀害了蒋重轻，而且手段高明，甚至没有留下任何马脚。这一点也只有你才能做到，因为蒋重轻做了一辈子父亲的心理顾问，你虽然没有和他说过多少话，但你却无比了解他的生活习惯。

"你杀了蒋重轻，父亲便认为是许为仁偷偷听到了秘密，然后杀害了蒋重轻，以免他将许为仁其实是领养的一事透露出去。从那之后，父亲变得不再信任许为仁，他不能接受一个心狠手辣到这种程度的继承人。而且，你照顾父亲那么多年，相当了解父亲的想法。

"当父亲认为许为仁已经知道了自己的身世，那么他就再也无法把许为仁当成亲生儿子！而许为仁的所作所为，都会被父亲认为是演戏而已！"

谭姨情不自禁地鼓起了掌，说道："说了这么多，为什么不能真的是许为仁杀害了蒋重轻呢？"

许杏儿的眼神透着寒意。"他或许可以欺骗任何人，但绝对瞒不过我的眼睛……我很清楚，许为仁绝对没有杀过人。"

谭姨嘲讽道："他一心一意想要害你，你却这么信任他？"

许杏儿："我信任的不是他，而是我自己。"

"你真的……成长了很多。"

"可我不明白,你到底为什么要这么做……让许为仁下场凄惨,让我继承财团,你又能得到什么好处?"

谭姨笑着说道:"好处?是啊,我能有什么好处?"

许杏儿说:"我就是想不明白这一点,才一直没有怀疑到你的头上。"

谭姨闭上眼睛,轻轻活动了一下脖颈,然后重新睁开双眼,看向墙上的照片。

许杏儿看了看谭姨,又看了一眼许震和虞小青的合影,恍然大悟。

她看向谭姨的眼神中满是震惊,许久后终于平复心情。

谁也想不到,一个女人,居然隐藏自己的心意这么多年。

许杏儿已经得到了真相,但她并不觉得喜悦,反而觉得失落……那感觉就像是失去了某些重要的东西。

她说:"真是让人头疼啊,其实我应该恨你的,但一想到我能够回来继承财团也是因为你,反而觉得这股恨意变得莫名其妙。谭姨,你说我应该怎么做呢,把你依旧当成一位老管家,当成让许家四分五裂的仇人,还是……一个杀人犯?"

"不用那么麻烦。"谭姨走进了木屋,这个对她来说一直是禁地的地方。

自从许震死后葬在这里,她便再也没有看过他。

这里只属于许震和虞小青两个人,从来都没有,以后也不会有她的位置。

谭姨的视线始终没有离开照片,准确来说是没有离开照片上的那个男人。

她轻声说道:"让我在这里静一静吧。"

许杏儿站起身来,深深地看了谭姨一眼,然后重重地叹了口气,离开了木屋,离开了墓园。

她来到了公墓外,发现已经有不少记者在此等候。他们把话筒递到许杏儿面前,七嘴八舌地问道:

"听说您和弟弟许为仁决裂了是吗?"

"许小姐为什么会受伤,是许为仁攻击了你吗?"

"据说许为仁其实是领养的,关于这一点您怎么看?"

许杏儿微微抬头看着天上的月亮,忽然想起了那个人……他,现在怎么样了?

【5】

文彦博每走一步,都是理智与疼痛的交锋。他甚至怀疑过自己能否撑到救出南南的那一刻,但幸运的是,他始终没有倒下。

这位父亲就像是一头遍体鳞伤的野兽,他因为腹部传来的剧痛而直不起腰,浑身上下更是几乎散架,所以与其说他在行走,倒不如说是一个永不言弃的灵魂在拖着一副残破躯体坚持前行。

月亮缓缓落下,天边逐渐有一层金色蔓延上来。至于那股一直吹个不停的夜风,也终于停息。

再过不久,江城将会步入一个崭新的时间。

文彦博已经找了三个小时,从午夜到凌晨,他的内心时常涌现出绝望,但又被自己用力压抑了下去。

"南南！南南！"文彦博尝试地大声呼喊着，可惜回应他的只有野狗的叫声。

这位父亲的目光中满是无助，他思考着整个谋划中的所有细节。"许为仁性格自大，喜欢将一切掌握在自己的手中，他还很喜欢看戏……尤其喜欢欣赏别人的痛苦。"文彦博的身体有些摇晃，他在寒风中冷静地分析着，"所以他故意将南南藏在了江城大学附近，藏在了我的眼皮底下，这样当我最后找到南南的时候，就会无比的内疚自责，认为一切的错误都是由我的疏忽大意所导致……他想要看到这样的我。"

或许那个房子是红色的，或许房子的某一部分是红色的，但他一时间并想不到大学附近哪里会有这样的建筑。

更糟糕的是，枪伤以及跳车带来的痛苦开始模糊他的意识。

或许在任何事情上他都有可能妥协，比如和蒋紫涵离婚，比如帮助许为仁催眠许杏儿……但唯独在放弃女儿这一点上，绝无可能！

就在他支撑不住，几乎倒下的时候，一辆车终于赶到。

吴瑶扶着摇摇欲坠的文彦博，说道："警方已经把江城大学附近搜索了大半，但还是没能找到南南。另外，许杏儿也主动联系了警方，说许为仁使用暴力从她手中夺走了一个十分重要的箱子。"

文彦博气若游丝，此时身受重伤的他已经难以保持清醒，更无暇思考许杏儿到底想要做什么。他满脑子都是南南的安危，突然，一丝灵光出现在他的脑海之中。

红气球！

文彦博的精神有些恍惚，似乎是身体里的疲惫和伤痛正在作怪，想要冲破这具疲惫不堪的身躯。就在这时，他竟然突然看到了一只红色的气球，它飘浮在半空中，并不算高，文彦博只要微微抬头就能够看到。

"北北？"文彦博心想，你难道是北北的灵魂，你也在担心姐姐的安危吗？

红气球缓缓移动着，就像是北北手里攥着气球的线，正蹦蹦跳跳地往前走着。

文彦博虚弱地说："往前走。"

吴瑶愣了一下，问道："咱们开车去找好不好？"

"往前走。"文彦博仿佛魔怔了一般，执意要往前追赶那个除了他谁也看不到的红色气球。

在吴瑶的搀扶下，他跟着红气球穿过了一条街，走过了一条小巷，甚至翻过了一面墙。

那只跃动着的气球就像是文彦博的心脏，只要它还在动，文彦博就不会停下。他感觉自己的意识已经完全模糊，现在让自己坚持走下去的不是意志力，而是来自潜意识的力量。

即便在他最深的潜意识之中，也将救出女儿南南作为比生命还要重要的事情。

这是父亲的本能。

突然，红气球停了下来。

文彦博的身体不由自主地摇晃，他扶着墙站稳，用力看向红色气球的方向。

然后发现，红气球仿佛融化一般，它变成了一摊红色的液体，最后变成了一个……

红色的屋顶！

红房子！

文彦博猛地回过神来，他终于想起这里曾是江城大学的废旧校区，早在几年前就已经弃置了。

南南居然被藏在了这里，距离文彦博上课的地方只有"咫尺之遥"！

吴瑶并不知道"红房子"意味着什么，但是当她看到这个地方的时候，从警多年的直觉告诉她，南南多半就被藏在这里！

文彦博振作精神，满怀着欣喜和忐忑，冲进了红房子之中。

这间房子原本是值班室，搬走之后里面便只剩下一些没用的旧物件，地上也满是堆满灰尘的杂物。

文彦博的目光扫视着整个房间，最后他注意到了墙角的那个柜子。

那个只有半人高的木头柜子。

父亲站在柜子前，他感觉自己的心脏已经到了嗓子眼，伴随着一阵强烈的呕吐感。

深深的恐惧。

无穷无尽的绝望。

文彦博甚至隐约看到了柜子里，放着女儿的尸体。

他用力咬了一下舌尖，终于克服这些无用的情绪，然后一把打开了柜子门。

父亲"扑通"一下跪在地上，他看着柜子里的景象，先是愣了一下，随后便发狂一般。

南南全身上下通通被胶带缠紧，就像是一具木乃伊。她的嘴巴也被胶布牢牢封住，发不出丁点声音。

文彦博将女儿抱在怀里，轻轻撕去南南嘴边的胶布，然后把耳朵压在她的胸口处。

静。

文彦博觉得眼前一黑。

他的世界，仿佛熄了灯。

时间在那一刻停止。

文彦博的瞳孔迅速涣散，变得空洞无神。

他又一次直面死亡，既是女儿的，也是自己的。

咚。

忽然有轻微的声音传入文彦博的耳朵。

父女的心脏仿佛已经连在一起，他感觉自己的心脏也再度有了跳动的意义。

咚、咚、咚……

南南的心脏虚弱但稳定，她的鼻尖也传出轻微的呼吸声。

文彦博猛地抬头，他盯着女儿的脸，瞪大眼睛，他说："南南？"

"你能听得见吗？我是爸爸啊。"

"南南？南南！爸爸来救你了。"

他的鼻子和嘴唇都在不停地颤抖着，手指更是不听使唤。父亲压抑着濒临爆发的情感，屏息凝神地等待着女儿醒来。

"南南别怕，没人会伤害你了。"

"爸爸就在你身边，再也不会有危险了。"

"咱们回家，过两天学校还有春游呢。"

泪水溢满眼眶，终于开始流下。而这一旦开始，便永无止尽。

"你不是喜欢上了一只猫咪玩具吗，爸爸给你买，好不好？"

"你不是说想妈妈了吗，我们回去爸爸就带你去看她，好吗？"

"爸爸求你……你不要吓我……"

文彦博的嘴唇颤抖得越来越剧烈，到最后已经听不清自己说了什么。他的眼泪不停地滴落在女儿的脸上、脖颈上。

突然,南南的嘴唇微微张开。

她仿佛用尽了仅剩的一丝力气,她说:"爸爸。"

文彦博抱紧女儿,号啕大哭。

【6】

与此同时,许为仁也很想哭。

但他哭不出来。

陈开着车子狂奔,在他们身后的不远处,有警车穷追不舍。

许为仁不明白事情为什么会演变成这种局面,他感觉自己的大脑一片空白,之前的那种胜券在握早就荡然无存。

月色变得越来越淡。

许为仁无意识地抚摸着怀里的密码箱,冰凉的触感终于让他回过神来。

对,箱子还在我的手里,我还有这最后一张底牌。

我还没输!

许为仁在颤抖,他轻轻拧动了密码箱上的轮盘。

1……满头大汗。

5……口干舌燥。

7……

许为仁愕然。车里的空气仿佛变成了黏稠的液体,令人窒息、压抑。

箱子并没有打开，为什么会这样？

车子忽然驶入了一条隧道之中，月光被它彻底抛在身后。

密码是错误的，箱子无法打开，许为仁的手仍放在轮盘上，他以为是自己弄错了，于是又尝试了一遍，然而还是没能打开箱子。

他快要发狂，他想要随便试试其他密码，但却又不敢，因为密码箱会在连续输错密码之后自毁，而他并不知道这个次数是多少。

这不可能，我明明记得父亲对我说的就是这三个数字！

许为仁没法接受现实，他"清楚"地记得许震在临终前说的就是"157"。

但为什么打不开箱子！

催眠……催眠……催眠！难道是文彦博的催眠出了问题？

文彦博催眠许杏儿，文彦博催眠许为仁，他的手指染过文彦博的鲜血，他的手指在许杏儿的颈间留下红痕……

许为仁用力按压着眼眶，在纷乱的记忆中，他终于发现了一些问题。

自己来墓园取走箱子，以及许杏儿事先报警，并且出言相激，这一切都像是事先谋划过的。

而且箱子无法用自己得知的密码打开，说明父亲临终前说的根本不是什么"157"，而是"对不起"。

许杏儿和文彦博，不知从什么时候开始，"联手"设下了这个局。

他才是那个最后的输家。

可惜，许为仁明白这些的时候已经晚了。

尾声　局中之局

　　要懂得一个男人很难。是战士，是懦夫，或者在他心里住着一个闹别扭的小男孩。
　　要懂得一个女人同样很难。是蜜蜂，是毒刺，或者在她梦里是一个长着翅膀的小女孩。

【1】

车子驶入隧道之后,陈突然变得有些奇怪。

他的手仍然抓着方向盘,脚悬在油门上方。他的眼神呆滞,麻木地看着前方。

陈突然控制不了自己的思绪。

他想起了文彦博在课上催眠那个学生的场景,那个男人居然利用水滴声做到了瞬间催眠。陈不得不承认,他并没有留意到水滴声,而亲眼见证了文彦博催眠许杏儿,他自己也开始相信催眠……

他忽然想起了文彦博跳车逃亡的身影……

他想起了文彦博在走进烂尾楼之前,曾经问过他:"现在你相信催眠了吗?"

他想起了文彦博每次在下车的时候,都会嘱咐自己:"开车的时候小心一些。"

最后,他想起了文彦博在课上播放的那盘录像带。

"一个睁大眼睛的男人站在中间,他的背后似乎是一条隧道,单调的墙壁飞快地向后移动,就好像这个男人正在一辆敞篷车上,而这辆车正在隧道中疾行,然后有人以男人的面孔为中心录下了这段视频。

"男人的长相很普通,但却透着一种让人不舒服的气质。他的眼睛睁得很大,而且瞳孔有些涣散,不知道到底在看什么。另外,他从始至终没有过眨眼这种生理行为。"

陈的脑海中不断回放着那段录像的内容,他用力眨了眨眼睛,忽然觉得录像带里的男人有些眼熟。

咦,原来他和自己长得一模一样吗?

陈感觉自己的世界变成了一段录像,有些模糊,色调也有些杂乱。

而他是录像的主角。

"录像内容到了最后十秒钟终于有了变化,似乎是这辆车子即将开出隧道,陈的身后终于不再是单调的隧道场景,而是逐渐变得明亮,直到整个屏幕都充斥着刺眼的白色。在陈的面孔尚且能够勉强看到的时候,他忽然闭上了眼睛。"

陈闭上双眼,同时用力踩下了油门。

车子猛地加速,冲向地狱。

咣!

【2】

清晨的第一缕阳光,穿过天空,穿过大海,穿过街道,穿过红房子那扇布满灰尘的窗……

落在了父女的身上。

文彦博的哭声悲伤、凄惨，还带着失而复得的喜悦……

然后悄悄有了变化。

他抽泣着，身子也跟着颤抖，但眼中的担忧和心痛已经逐渐变成了恨意……

文彦博哭得像笑，也笑得像哭。

【3】

要懂得一个男人很难。

是战士，是懦夫，或者在他心里住着一个闹别扭的小男孩。

要懂得一个女人同样很难。

是蜜蜂，是毒刺，或者在她梦里是一个长着翅膀的小女孩。

谭依依熄灭了木屋的灯，并且将门反锁，然后她跪坐在冰凉的地上，抬头望着墙上的照片，忽然发现自己花了一辈子的时间也没能看懂那个男人。

幸运的是，他同样也没能看懂自己；不幸也是如此，他似乎从来都没有想过懂得自己。

谭依依很喜欢谭姨这个称呼，因为当别人这样称呼她的时候，会让她想起自己的名字，而不至于迷失成为一具忘记自我的躯壳。

她爱上许震实在太久了。

谭依依解开一直盘在脑后的头发，瞬间烦恼丝倾泻而下，已经长发及腰。或许是觉得裙摆束缚得太紧,她双手用力一撕,顿时紧绷的长裙变得宽松起来。

此时此刻,月光之下的谭依依已经焕然一新。

她像是一朵黑色的莲花,在夜里泛着凄美的光泽。月色抚平了她的皱纹,就好像岁月也被她的美丽而震慑,逐渐倒流,最后让她变回了一个少女。

那一年,许震仍是少年,谭依依仍是少女。

已经没有人知道,他和她的相识,甚至要早于虞小青。

"班长,你这么做事有点不太仗义吧?不就是逃了一节课嘛,反正昨天老班又不在,用得着你千里迢迢赶去打小报告?"少年穿着白衬衫,脖颈的扣子松开了两颗,他的表情透着骄傲。

少女专心做题,没有说话。

气愤的少年一把抢过少女手里的钢笔,然后狠狠扔在地上,顿时墨水四溅。

直到这时少女才终于抬起头来,她的表情就是没有表情,一片木然。她一句话都没有说,就只是盯着少年的眼睛。

就像是两只斗气的公鸡,他和她互相瞪着对方。过了许久,少年终于率先败下阵来。

他觉得有些丢脸,于是愤愤地坐回最后一排,跷着二郎腿望向窗外。

少女蹲下身子,小心翼翼地捡起钢笔,发现笔尖已经弯了,笔身用来装墨水的地方也碎掉了。向来没什么表情的她,罕见地皱了皱眉,她将钢笔放好,然后又弯下腰去处理地上的墨迹,还不忘和周围溅上墨汁的同学说抱歉。

这一切被少年看在眼里,异常不适。他也不知道为什么,反正他就是不喜欢那个虚伪的班长。

这世道就是如此，学渣往往看不上学霸。

放学的时候，少女背着破破烂烂的书包离开，少年看着她的背影怔怔出神，忽然发现她马尾辫上的发卡又旧又丑。

她的家境应该不是太好吧，但那支钢笔一直被她珍惜得很好，貌似每次用完都会仔细地擦一擦。

唉，我怎么会注意到这种事情，真是有病。

少年觉得自己不仅有病，而且病得不轻。他居然偷了老爸的一支"英雄"，第二天递到了少女面前。

"喏，赔给你的。"

少女看都没看，依然在专心做题，她轻声说道："如果我不把你逃课的事情告诉班主任，对其他安心上课的同学不公平。"

"好好好，你说的都对，我错了行不行？"

少女重回缄默，一言不发。

少年把钢笔往前挪了挪："这钢笔你收下吧，就当我赔礼道歉了。"

少女轻轻摇头。

"你不要我可扔了啊！"

还是不说话。

少年气愤地把钢笔扔进了门口的垃圾桶，然后摔门而去。

少女面不改色，但她突然发现自己遇到了一道难题，怎么算都解不开。

当时的谭依依并不知道，许震其实从那一刻起，就成了她一生解不开的难题。

谭依依看着照片里的许震，神情哀伤。可是看着看着，旁边的那个女人，还是难免进入了她的眼中。

虞小青。

或许她没有出现的话，自己已经和许震在一起了吧？

少女考上大学的那年许震没考上，可笑的是，考上的人因为家境贫寒而上不起，没考上的人却因为家境富裕而沾沾自喜。

少女的父亲患有绝症，整日靠着医院开的药续命，家里为了负担医药费已经倾家荡产，所以她的学费和生活费，必须要自己来挣。

十八岁的少女挺直腰板，放下书包，扛起了这个年纪本不该有的责任。

她当了一名家教，毕竟读书是她的特长。

出乎意料的是，她的第一个学生……居然是许震。

谭依依的眸子里有月光流转，倒映出往昔难忘的一幕幕。

雨夜，上完课后，她冒着雨回家，许震在母亲的强烈要求下追了上去，打着伞送了一路。她走着走着，莫名其妙地哭了起来，意气风发的少年表示要帮她解决所有问题，她却说：你连个大学都考不上，凭什么帮我？

一年过后，少年考上了同一所大学，拿着录取通知书在她面前显摆说：学姐，这下对我刮目相看了吧。她只是瞪了少年一眼，什么也没说。

少年逐渐长成了男人，他的心思依然不放在学习上，天天动着歪心思。他说他爸是商人，他这叫子承父业。

少女也逐渐长成了女人，她的心思已经不能全部放在学习上，因为家里的情况变得越来越糟。

大概就在那个时候，女人开始帮助男人打理一些事情，算是各取所需。

一眨眼，五年过去了。

男人的事业已经小有成就，还找了个门当户对的女朋友，转眼两人就要结婚了。

女人对此没什么反应，只是把马尾辫盘了起来。

这一盘，就是一辈子。

虞小青死得很早，谭依依也逐渐发现许震的生意越做越大，自己已经帮不上什么忙。她提出过离开，却被男人留下了。

他说，你就当我是习惯了吧。

谭依依一时心软，从此把自己的青春、自己的一切都奉献给了许家。

她曾经天真地以为，虞小青已经死了，许震迟早会忘掉那个女人。可是她没有想到，有些人，死后才真正开始对这个世界产生影响。

虞小青死后，许震的性情变得越来越古怪，就连家里的两个孩子也有着与同龄人不符的心智。

谭依依觉得自己就像是一个旁观者，她亲眼目睹了这些变化，心中头一次产生了一丝恨意。

即便之前许震和虞小青结婚的时候，她也没有恨任何人，她只是觉得有些酸苦。

毕竟从一开始她就没有奢望过什么。

可是当她看见许震变得郁郁寡欢，却突然有些恨起了虞小青。

是那个女人毁掉了许震的生活。

恨意就像是毒品，一旦缠身，再难摆脱。

许震心中系念着亡妻，多年来未曾碰过谭依依哪怕一根手指。谭依依也了解许震的想法，把自己打扮得尽量保守，甚至说是苍老。

她知道自己必须如此，否则总有一天当许震无法控制自己，一定会把她从自己身边赶走。

谭依依就像是许震的影子，她作为一个附庸品太久，于是很多人会情不自禁地忽略掉她的头脑，她的智慧。

除了许震没人知道，这个叫作谭依依的女人，是曾经让许震觉得无计可施，并且给予他最深刻鄙视的女人。

她会变成这样，只是为了一个男人。

谭依依替代着虞小青的位置，把许家上下打理得井井有条，同时在其他成员之间保持着微妙的中立。

如果没有她，这个偌大的家恐怕早就四分五裂了。

谭依依为自己的付出不感到后悔，就像是许震早已习惯有她在身边，她也早就习惯了陪伴在许震身边。

但是表面的风平浪静却不代表着"不恨"。她对虞小青的恨多年前埋下，又经历了岁月的发酵，如今味道变得更烈。

谭依依努力压抑着这股恨意，希望永远没有表露出来的那天。

然而那天还是到来了。

许震病重在床，他的病情越来越重，白天或许还算清醒，但是到了夜里就会恶化。

在他神志不清的时候，是谭依依一直守在他的身边。

女儿远在国外，领养来的儿子貌合神离，骨子里透着对父亲的畏惧。

只有谭依依，一直陪在他的身边，不离不弃。

深夜，许震虚弱至极地说："我觉得好冷……"

谭依依为他盖好被子，用双手轻轻摩擦着他冰凉的手。

许震说："最近天黑得越来越早了……"

她为他打开了台灯，顿时屋里亮了起来。

许震微微闭上眼睛，嘴里喃喃地说："谢谢你……"

她滚烫的泪水顺着脸颊流下，在他的手背上摔成一朵微小的水花。

谭依依咬了下嘴唇，她的心如年轻时那般悸动。终于她做了一个决定，鼓足勇气说道："其实有些话我一直想要和你说。"

有一句埋藏了大半辈子的话，她微微张开嘴，想要说出。

然而话到了嘴边的时候，许震却仿佛梦见了什么……他猛地睁开眼睛，盯着谭依依的脸。

谭依依还未来得及擦去泪痕。

许震说：

青儿……青儿……

谭依依忽然听到了"啪嗒"一声，仿佛心碎的声音。

她的眼神逐渐变得空洞，辛辛苦苦陪伴了他这么多年，到最后在他心里依然没有自己的一席之地吗？

这……算是……什么？

这到底算什么！

谭依依心中对虞小青的恨忽然被怒火点燃，然后一发不可收拾。

她愤怒地站了起来，发狂般摔打着木屋里的东西，她推翻了书柜，踢倒了木椅，她还用力摔坏了相框，将里面的照片扯了出来。

"虞小青……虞小青……"

谭依依把照片撕成两半，然后又把虞小青的那一半撕得粉碎，宣泄着这些年的恨。她将碎片一把扬出，然后仿佛抽干了全身的力气，"扑通"一下坐在地上。

谭依依把许震的那部分照片用力按在心口处。

她感到难以忍受的心痛，甚至痛到出现了幻觉。

她看见——

一片纯白的空间之中，她变作少女的模样，许震也重回少年时，他穿着白衬衫，就站在自己的面前。

许震笑着说道："好久不见。"

谭依依泪流满面，张开嘴不知道说些什么。

许震将她拥入怀中。

谭依依哭着说:"对不起,我也不知道自己为什么会变成这样……"

许震轻轻拍打着她的后背。

"可我真的好嫉妒她,所以我设计让你怀疑许为仁,还让你把继承权给了许杏儿……我就是不想让她的遗愿实现,我要她的女儿不得安宁……"

"我要她领养的儿子和亲生的女儿自相残杀,甚至发生不伦!我要她死不瞑目!"

谭依依哭着喊着,用力抱着幻想中的许震。

突然,她感觉许震在挣脱自己。

"为什么,你觉得我是个恶毒的女人吗?"

"你开始嫌弃我,想要离我而去了吗?"

谭依依看着许震,发现已经看不清他的面容,只能看到一个挣扎扭曲的人形怪物,仿佛她怀中抱着的是一只野兽。

他想要脱离她的囚牢。

"你是我的,我再也不会让你离开我了,我再也不会让你离开我了!"

谭依依发疯般地咆哮着,她用尽全身的力气抱紧怀中早已面目全非的男人,好像要把他揉入自己的血肉之中,与其合为一体,永永远远再也不会分离。

可是男人终究还是消失了,就像是一场醒过来的梦,就像是一个在风中破碎的泡沫,他消失得是那样迅速,几乎只是一眨眼的工夫,幻想变成了无穷无尽的空虚。

"哇啊!"

谭依依高仰起头,用着最后的力气,哭喊。

清晨的第一缕阳光,穿过天空,穿过大海,穿过墓园,穿过木屋那扇明晃晃的玻璃窗,落在了一张由伤心到绝望,由绝望到癫狂的精致脸庞上。

【4】

一个月后。

城外那栋半途废置的烂尾楼就像一只沉眠的钢铁怪兽,一夜之间忽然重新醒来。但曾经亲手策划了它的那个男人正躺在病床上,仿佛永远不会苏醒。

那个孤孤单单的墓园,木屋里重新挂上了一张许震和虞小青的合影,屋外的花田里则多了一块小小的石碑,上面写着"谭依依"三个字。

江城大学的下课铃声响起,学生们纷纷涌出教室,等到所有学生全部离开之后,一个男人的身影出现在门口。他神色匆匆地取车,开往不远处的小学。

那里有个乖巧的小女孩,戴着一顶大大的遮阳帽,站在校门里,正踮着脚尖向外张望。

【5】

此时此刻,许杏儿站在许氏大厦的顶层,目光穿过落地窗落在不知名的地方。

此时此刻,她依然孤单。

【6】

一个月前。

警方将箱子送回了许杏儿的手中,身受重伤的许为仁则直接被送到了医院。至于那个可怜的司机,已经在车祸现场死亡。

无数人的目光落在了箱子上,落在了许杏儿颈间的伤痕上,他们想知道在许震死后,这对姐弟之间发生了什么。

"许小姐,请问许为仁遭遇车祸是不是你一手策划的?"

"听说许震的死也与你有关,你有什么要解释的吗?"

面对这些质疑与恶意,许杏儿什么都没有说,她只是悲痛地拨动轮盘,打开了密码箱。

箱子里面只装了一张纸,纸张很薄,甚至微微发黄。

许杏儿将这张纸铺开,放在身前,于是所有人都看到了上面的内容。

这是一张领养证明,来自二十八年前。

领养人是许震、虞小青,而被领养人则是……许为仁。

事实真相经历了诸多波折,终于在这一刻暴露在清晨的阳光下。

但真相并不温暖,只是冰凉。

伴随着领养证明的公布于众,许杏儿的形象顿时发生了翻天覆地的变化。

在这之前,许为仁有意诱导舆论,把许杏儿打造成了一个毒杀自己亲生父亲,然后回国夺取继承权的恶毒女人。

然而在这一刻,她忽然变得温柔、善良起来。

原来许震临终前给她的箱子里竟然装着这样的秘密,可是这个善良到了极致的女人却选择保守秘密。她独自面对着所有流言蜚语,却不愿意公开箱子里的内容，其实是为了保住许为仁。

至少在她的内心深处，她仍把自己当成许为仁的姐姐。

只是没想到那个恶毒的弟弟居然不择手段地夺取箱子。他一定是要毁掉领养证明，然后便可以名正言顺地夺取许氏财团。

许为仁甚至为了夺取箱子深深伤害过许杏儿，即便如此，许杏儿也没有抱怨哪怕一句话。

她的克制，她的隐忍，真是许家的"优良血统"。

一个月的时间将真相不断发酵，许杏儿终于得到了许氏财团上下所有人的信任和尊敬。比起做事风格雷厉风行的许为仁，他们更乐意接受温婉的许杏儿。

许杏儿得偿所愿，真正继承了父亲留下的财团。

但她并不觉得多么开心，反而感到空虚。

她取出手机看了一眼，并没有那个人打来的电话，这让她觉得有些遗憾。

或许他没有收到那段录像？

或许，他只是没有勇气再来见我。

【7】

文南吃过晚饭之后就把自己关在卧室里，认认真真地做着作业。

文彦博将碗筷洗净，然后摘下围裙，来到了电脑前。

他看着桌面上那个名为"23252"的文件，思绪千回百转。

通过名字他就可以判断出发来视频的那个人是许杏儿,因为这算得上是一个只属于他和她的秘密。

他更是曾经借助这串数字获取了许杏儿的信任,从而对她进行了更深层次的欺骗。

文彦博对此感到内疚,毕竟在拯救南南和告诉许杏儿真相之间,他几乎没有犹豫就选择了前者。

他打开了视频,里面只有两个人,一个是许杏儿,另一个则是谭姨。

当时许家仅存的两个女人貌似在聊天,实际上却在进行着言语上的交锋。

视频中的许杏儿说:"谭姨,你有听过什么秘密吗?"

谭姨摇了摇头。

许杏儿说:"那我就只能大胆想象了……许为仁其实是爸妈从垃圾桶里捡来的。"

谭姨把茶杯端到嘴边,然后发现里面已经没有一滴茶水。

在文彦博看来,这个动作意味着太多。

谭姨并不是真的口渴想要喝水,她只是想要借助茶杯掩盖自己的表情……比如说,笑容。

她的嘴唇轻轻抿着,但却不由自主地扯出一个微妙的弧度,幸好被杯子挡住,所以许杏儿才没有看到。

当文彦博看到谭姨的这个表情时,瞬间想通了一切。

许为仁并不是杀害蒋重轻的凶手,一直以来置身事外的谭姨才是真凶。

在这盘棋局中,他和蒋重轻,才是最无辜的棋子。

只不过,事到如今,这一切都已经没有意义了。

害死蒋重轻的谭姨已经服法,但是因为她的精神状况极不稳定,所以暂时被关在了精神病院。绑架南南的许为仁在一场车祸中成了植物人,叫作陎的司机则当场死亡。

文彦博觉得自己应该放下仇恨，这样也可以帮助南南早日摆脱心理阴影。他时刻提醒着自己，他首先是一名父亲，其次才是其他的身份。

可是这些天来，他总是情不自禁地想起那个人，文彦博以为这是前段时间那场磨难留下的痕迹。

他的眼前时常会出现幻觉，比如一只红气球，比如她的脸庞。

双眼无神地盯着电脑屏幕，文彦博的内心陷入前所未有的挣扎。有一个声音在说，全都已经结束了；然而还有另一个声音在说，还没有结束。

最后他猛地回过神来，看到"23252"，在心里暗自做了决定。

文彦博轻轻敲了敲南南的门，说道："爸爸有事要出去一趟，你乖乖在家，有事给我打电话哦。"

文南说："知道啦，爸爸。"

文彦博回味着女儿说的那声"爸爸"，心想曾经在什么时候，他有两个女儿，当她们一同呼喊自己爸爸的时候，他是那样幸福。他曾有一位爱妻，还有一位将他视如己出的岳父，他曾经是那样幸福。

是从什么时候开始，幸福悄然离去了呢？

离开家后，他见的第一个人，是吴瑶。

同为蒋重轻的学生，吴瑶在得知老师其实死于一场谋杀之后，情绪尤为激动，而且还陷入了深深的自责之中。因为当初文彦博提出质疑的时候，她却认为师哥患上了"被害妄想"。

文彦博并没有指责吴瑶的意思，而是安慰说："别难过了，一切都会好起来的。"

吴瑶擦拭了一下眼角，抬头挤出一个笑脸，问："南南怎么样了？"

"还好，看样子并没有留下什么心理阴影。"

"不愧是你的女儿,心理素质真好。"

文彦博微笑说:"自从北北出事之后,南南就很会隐藏自己的情绪,不想让我为她担心。"

"真是个让人心疼的孩子。"吴瑶话锋一转,"不过警方对于许家的事情并不能干预太多,希望你能理解,毕竟这属于家庭私事。我们能做的,只是将谭依依暂时关在精神病院,以及等待许为仁醒来后再继续进行调查。"

"我能理解警方的难处,只是……我想要见谭依依一面,可以吗?"

吴瑶看着文彦博的眼睛,沉默良久,终于笑道:"好啊,等事情结束后记得约我一起带南南出去春游!"

文彦博笑着应允,然后在吴瑶的帮助下见到了第二个人,谭依依。谭姨所在的病房很偏僻,在医院的角落,外面有警员一直看守。据说她时常会失去理智,在屋里大吵大闹,有时情绪激动到还会伤害自己。

文彦博见到谭姨的时候,她的脸上没什么表情,身上露出不少抓痕。而那些伤痕的始作俑者——指甲,则已被剪到短得不能再短。

曾经淡雅且干练的女管家,如今居然变成了这副模样。

谭姨坐在病床上,看了一眼站在门口的文彦博,随即便重新低下头,盯着自己的脚趾发呆。

文彦博努力压抑着自己的情绪,他说:"我想和你聊聊。"

谭姨的声音很小,她仍然没有抬头,就像是一个做错事的孩子:"你想聊什么?蒋重轻、许杏儿,还是许为仁?"

文彦博说:"我想聊聊许震。"

听到那个名字的瞬间,谭姨的小动作、眼神,甚至是呼吸全都停了下来,她仿佛变成了一尊雕塑。

文彦博继续说道:"有些事情,我想如果许震还活着,也一定希望你能知道。"

"许震的心病一直很严重，最初是因为思念虞小青，后来老师的离奇死亡，又给了他沉重的一击……但是除此之外，还因为一些秘密。当然，这些对于你来说已经不是秘密了。把一个领养的孩子当作亲生的，还要让所有人都认为这就是真的，许震为了保护这个秘密花费了太多心力，他甚至经常害怕自己会不会在说梦话的时候说出这些。

"在老师死后，我和许震曾经相处过一段时间。那时候我一直有一个困惑，既然许震和蒋老师的关系那么亲近，难道他就不在乎老师的死活吗，难道他就不想找出真凶吗？后来我自作聪明地想，许震明知道凶手就是许为仁，所以才要包庇他。"

谭姨眨了一下眼睛。

文彦博说："可是，许震包庇许为仁是为了让一个毫无污点的人继承财团，但他后来却把财团给了许杏儿。你觉得，许震会做这么一件自相矛盾的事情吗？他一边在隐瞒养子杀人的真相，一边却又把财团和箱子给了女儿，把养子逼上绝路？"

谭姨扭头看向门口的文彦博，突然觉得那个男人和年轻时候的蒋重轻一模一样。

"所以说啊，其实许震在包庇的人，不是许为仁，而是你。"

谭姨瞪大眼睛，撕心裂肺地吼道："你胡说！你胡说！"

"许震从一开始就知道是你杀害了蒋重轻，这就是事实！"

"你胡说！如果许震知道凶手是我，他就不会怀疑许为仁，更不会决定让许杏儿回来继承财团！"

文彦博露出一丝苦笑："老师为他做了半辈子的心理顾问，其实到头来只改变了许震一点，那就是让他懂得尊重女儿的意愿。许震曾经联系过许杏儿，问她是否愿意继承财团，许杏儿给了肯定的答复。"

"这不可能！我不相信！"谭姨陷入崩溃之中。

守在门外的警员听到了吼声，于是将文彦博请出了病房，护士手里拿着镇静剂，急急忙忙地走向歇斯底里的谭姨。

那是文彦博最后一次见到谭姨，他很清楚，自己再也不会见到那个杀人凶手了。

男人深深呼吸，平复心情，离开了精神病院。

在犹豫了很久之后，他终于拨通了许杏儿的电话号码。

【8】

许杏儿终于等到了文彦博的电话，约在一间熟悉的咖啡厅。

上一次在这里见面，大约是十多年前吧。时间过去得太久，现在已经记不起当时为什么会来这里了。

没想到这么多年过去，这间咖啡厅还是老样子。

只是，那时候的文彦博是不喝咖啡的。

男人和女人坐在靠窗的位置，面对着面，却一言不发。

文彦博抬头看了许杏儿一眼，发现她也在看着自己，他忽然感觉自己的心跳漏了半拍。

许杏儿微微挑眉，轻轻歪着头，然后露出一个和美可爱的笑容。

文彦博清了清喉咙，终于有些紧张地说道："对不起。"

许杏儿的眼睛笑得像是两道月牙，"没关系。"

这一刻，许杏儿感到发自内心的愉悦。信任有时候来自给予，当文彦博选择信任她的时候，她也就选择了信任文彦博。

但是文彦博并不知道，爱情有时候也是如此。当许杏儿选择爱上文彦博，文彦博也就选择爱上了她。

他和她之间的那场催眠，寻找箱子和密码其实才是表象。在催眠过程中留在彼此心中的那些信息，才是深入骨髓的关键。

在许杏儿被文彦博催眠的同时，文彦博也从女人的意识世界中看到了她的故事，看到了自己在她生命中的含义。

当文彦博得知自己是她生命中的一只鹰，嘴里叼着一块百般滋味的糖果，他如何能让自己不动心。

他先是对许杏儿的经历感到好奇，然后又为往事感到内疚。

他最终欺骗了许杏儿，但许杏儿却帮他找到了害死老师的真凶。

其实早在不知不觉之中，文彦博便动了心。

许杏儿知道这些，所以才会期盼着他打来电话。

只有她自己清楚，继承许氏财团对她来讲其实并不算是最重要的事情。从开始的时候，她真正想要的就是……

文彦博突然说道："我的这句道歉，送给十年前的你。"

许杏儿的呼吸忽然一窒，脑海中的那些念头也随之停顿。

"十年前我没能正视你的感情，所以让你受了很多的苦，这些是我不对。"

许杏儿说："没关系的。"

虽然嘴上这么说，但她的心里却有一种不妙的预感缓缓出现。

文彦博像是喃喃自语："不过这么多年过去了，你在国外受了很多苦，回来之后更是如此……其实我也不好受，不是吗？我的妻子离开了我，我的女儿一死一伤……"

男人和女人四目相对，男人神情忧伤，女人的笑容则凝固在了脸上。

文彦博说："这样的结果，你满意了吗？"

许杏儿的笑容虽然有些僵硬，但她依然坚持着微笑。"我不太懂你的意思。"

"其实我也希望你在这个局里一直扮演受害者，但可惜的是，你还是露出了一些破绽。

"在我对你进行催眠的时候，你曾经对我说过，国外的催眠十分厉害，你还提到了Omni催眠和量子催眠……你从来对催眠都不感兴趣的，绝不可能知道这些专业名词……唯一的解释就是，你在国外也学习了不少和催眠有关的知识。"

许杏儿笑着解释说："我只是自学了一点而已，因为我想要和你多一些共同语言。"

"不，你可不是自学那么简单，你甚至比专业的催眠师还要厉害。说实话，我还从来没有见过可以在催眠状态下隐藏秘密的人……而你，是第一个，也是唯一一个。

"在你的原始梦境中，箱子的密码是在许为仁手中，然而实际情况却完全不是这样。想要做到这一点只有一个办法，就是欺骗自己。也就是说，你甚至不停地欺骗自己，让自己都觉得密码真的在许为仁手里。"

许杏儿："你说的这些都只是推测，没有证据，即便有证据也没有意义。"

她感到有些口渴，于是用手握住了温热的咖啡杯。

然而文彦博却抓住了她握着咖啡杯的那只手，说："不，有意义。"

男人的手心是滚烫的，甚至比杯子还要热一些，这让许杏儿觉得更加不安。

文彦博抓着许杏儿的手，露出了一个微笑，笑容里夹杂着自责、后悔，还有很多说不清道不明的情绪。

他笑了，她却不再笑了。

许杏儿的神情变得哀伤。

文彦博说："许震让你回国继承许氏财团，并且在临终前把箱子和密码全都给了你，是为了给你留一张底牌……他最终还是狠不下心对付许为仁，但是又担心你斗不过许为仁。只是许震还是低估了你，你不仅斗过了许为仁，还把箱子利用得淋漓尽致。

"你从一开始就知道箱子里面装的是领养证明，但你却向外传递出虚假的信息，让许为仁以为箱子里装的是其他重要的东西，而且关乎着许氏财团的命运。你之所以这么做，是因为当时财团里的流言蜚语对你极为不利，如果你突然公布领养证明，许为仁完全可以造谣说是你伪造的，这样一来并不能起到太大作用。

"但是如果领养证明最终落在了许为仁手里，然后再借着他的手公之于众，那么领养证明的作用就大了许多。你就是为了达到这个目的，甚至不惜伤害自己，布了一个瞒天过海的局。"

许杏儿其实并没有听清文彦博说了什么，她只知道……他已经全都知道了。除此之外，她就像是婴儿吸吮着奶水一般，感受着他手掌的温度。

因为这一刻是那样难得。

文彦博说："许为仁并不知道你在国外学习过催眠，所以对你毫无防备，在与你多次接触之后得到了许多错误信息，比如箱子的密码在他手里，比如你是一个无害无辜的简单女人，比如你真的是因为失眠才接近我、让我做你的心理顾问。

"谭姨设了一个让许氏四分五裂的局，牺牲品是我的老师蒋重轻；而你则设了一个让自己独揽大权的局，牺牲品是我和我的女儿南南。你故意接近我，让许为仁认为可以通过我得到箱子，所以他才绑架了南南并以此相要挟。

"至于后来我给你发录像，假装帮助你，借此获取信任，你都只不过是在将计就计罢了。只要你演得足够逼真，许为仁就会越陷越深，并且最后由他自己迫不及待地抢走箱子。"

许杏儿依旧什么都没有听到，她望着文彦博的嘴怔怔出神，思绪仿佛回到了很久以前。

她想起了自己和文彦博的初次见面，也想起了两人一同经历的点点滴滴，更想起了分别时的撕心裂肺。

自己是从什么时候起，不可救药地爱上了面前的男人呢？

真是可笑，居然已经想不起来了。

文彦博说："真是可笑，我居然一直被你蒙在鼓里，天真地以为许为仁就是一切的始作俑者，却没有想到真正的幕后黑手其实是你。"

许杏儿说："我只是想要取回原本就属于我的一切，这很过分吗？

"十年前，我输了亲情，输了爱情，输了所有，现在我通过自己的力量取回一切，这很过分吗？"

文彦博摇了摇头，"你总是觉得自己输了，但事实真的是这样吗……许震把你送往国外是为了保护你，虞小青为了让你远离纷争，不惜委屈自己领养了一个男孩当儿子……其实和许为仁比起来，你从来都没有输过。"

许杏儿："那你呢？"

文彦博："你怎么知道，我对你从来没有动过心？"

许杏儿愕然。

文彦博："输和赢，错和对，到最后都是伤心。"

是啊，现在许杏儿赢了，可她依然在伤心。

她多么希望回到曾被文彦博催眠进入的那个世界里，他同意陪着自己一起去国外，在飞机上和她聊天，天南地北再不分开。

想到这些,泪水已经溢满眼眶。

这时,文彦博突然松开了手。

许杏儿蓦地握紧了咖啡杯,手心滚烫,手背微凉。

文彦博说:"我以前有个病人叫老胡,他患有妄想症,总觉得有个人在控制着他的思维。"

"你说这些有什么意义?"

"后来他撞死了我的女儿,北北。"

文彦博的眼中同样满是泪水:"其实早在那个时候,我就已经输了。"

天色渐晚,咖啡馆忽然开了灯,是温馨的米黄色。老板在柜台细心擦拭着手里的杯子,空气中洋溢着咖啡的香气和木制家具的木头味儿。咖啡厅里还挂着不少红气球,有的拴在椅背,有的断了线飞到屋顶,怎么也出不去。

文彦博抬起头看着天花板的红色气球,轻声说:"嘘——你听。"

许杏儿终于留意到店里正放着一首熟悉无比的老歌。

"时光一逝永不回……往事只能回味……"

"春风又吹红了花蕊……你已经也添了新岁……"

"你就要变心像时光难倒回……我只有在梦里相依偎……"

许杏儿轻轻闭眼,泪水滴落,坠入杯中,荡起一圈涟漪。

叮咚。

怀表一般的水滴声。

她缓缓睁眼,看见一只手就在自己眼前。

文彦博忽然打了一个响指。

"啪!"

(正文完)

图书在版编目（CIP）数据

催眠局中局 / 王健霖著 .—杭州：浙江文艺出版社，2019.12

ISBN 978-7-5339-5913-5

Ⅰ.①催… Ⅱ.①王… Ⅲ.①长篇小说—中国—当代 Ⅳ.① I247.5

中国版本图书馆 CIP 数据核字 (2019) 第 249628 号

CUIMIAN JUZHONGJU

催眠局中局

王健霖　著

出版发行　浙江文艺出版社
地　　址　杭州市体育场路 347 号（邮编 310006）
网　　址　www.zjwycbs.cn

责任编辑　瞿昌林
责任印制　张丽敏
封面设计　果　丹
内文版式　谢　彬
封面插画　袁雅婧

印　　刷　三河市嘉科万达彩色印刷有限公司
经　　销　浙江省新华书店集团有限公司
开　　本　710 毫米 ×1000 毫米　1/16
字　　数　190 千字
印　　张　15
版　　次　2019 年 12 月第 1 版
印　　次　2019 年 12 月第 1 次印刷
书　　号　ISBN 978-7-5339-5913-5
定　　价　39.80 元

版权所有　违者必究

（如有印刷质量问题，请寄承印单位调换）